한현민의 블랙 스웨그

한현민의
블랙
스웨그

이 사람
——
한현민

김민정

아시아

차례

프롤로그

한현민을 인터뷰하기 위해 이태원역 4번 출구 옆 카페에 앉아 있었다. 내가 앉은 곳을 제외한 모든 테이블에 외국인이 자리를 잡고 있었다. 그들 틈에 내가 어색하게 끼어 있는 모양새였다. 낯선 한국의 풍경이었다.

약속시간보다 30분 늦게 그가 나타났다. 하지만 내가 그를 기다린 시간은 30분이 아니었다. 한 달이었다. 화보촬영차 외국에 나간 그를 나는 꼬박 한 달을 기다려 만나게 되었다.

음료를 주문하기 위해 그와 함께 카운터에 나란히 섰다.

"잡지에 나오는 사람 아닌가?"

주문을 받던 사람은 사십대 중반의 여성이었다. 카페 주인처럼 보이는 그녀는 패션계와는 무관한 사람으로 보였다. 내

옆에 서 있는 그를 흘깃 쳐다보았다.

애된 얼굴의 열일곱 살 고등학생이 머쓱하게 웃고 있었다.

취재를 끝내고 이 글을 쓰는 동안에도 그에 대한 뉴스는 계속해서 인터넷에 올라왔다. 그는 다문화인식개선 홍보대사와 한복 홍보대사에 연이어 선정되었으며 아이돌 그룹 멤버인 전소미와 교복 광고를 찍었다. 그리고 타임즈가 선정한 '2017년 가장 영향력 있는 10대 30'에 한국인으로서는 유일하게 이름을 올렸다. 뿐만 아니라 텔레비젼을 통해 그가 2018 평창 동계올림픽 성화를 봉송하는 모습도 지켜보았다. 그는 MBC 간판예능 〈라디오스타〉와 〈복면가왕〉, tvN 영어 공부 예능 〈나의 영어사춘기〉와 E채널의 관찰 버라이어티 〈태어나서 처음으로〉에도 출연하였으며 그의 이름이 포탈사이트 실시간 검색어 상위랭크에 오르기도 하였다. 찾아 읽기도 버거울 만큼 많은 매체에서 그를 주목했고 그의 이야기를 들려주었다. 한 신문을 읽다가 나는 '그를 모티프로 한 소설'이 출간 준비 중이라는 기사를 발견하기도 했다. 내 얘기였다. 내가 지금 쓰고 있는 글, 바로 그의 이야기를 토대로 한 팩션(faction)이었다.

3개월 동안 하루도 빠짐없이 그를 생각했고 그에 대해 썼다.

　이 글은 그에 대한 이야기지만 그를 바라보는 나에 대한 이야기일지도 모른다. 그가 머물지 않은 자리는 없지만 그 자리를 잘 정돈하여 단정하게 꾸민 것은 내 몫이었다. 행복했다.

　하루가 다르게 무럭무럭 커가는 그의 꿈을 지켜보는 즐거움을 이제는 다른 이들과 나누고 싶다. 그와의 만남을 통해 누군가는 위로를 받고 누군가는 희망을 얻고 또 다른 누군가는 사랑을 느끼길 바란다.

/.

나는 다르다. 그래서 나는 특별하다.

암흑 속에서 불이 켜지고 런웨이에 모델이 등장한다.

바이올렛과 핑크를 오묘하게 섞어놓은 머리색과 검은 얼굴, 190cm 큰 키와 매끈하게 쏙 빠진 몸매, 길쭉한 팔과 다리, 그리고 무표정한 얼굴. 패션쇼를 보기 위해 모인 사람들이 모두 그를 주목한다.

흑인 혼혈 모델 1호 한현민.

불과 열흘 전까지 평범한 중학생이던 그는 지금 디자이너 한상혁의 2016 F/W 시즌 HEICH ES HEICH 패션쇼 오프닝 무대에 서 있다. 서정적이면서도 난폭하고 기괴한 록밴드 벨벳 언더그라운드의 노래가 배경음악으로 짙게 깔린다.

오늘의 테마는 소년, 학교, 폭동 (BOYS, SCHOOL, RIOT).

"네가 첫 번째로 나가서 빛을 발해라."

검은 피부색의 한현민이 당당한 워킹으로 앞으로 나아가기 시작한다. 블랙은 밝음 속에서 더욱 빛을 발하는 법. 그의 움직임 하나하나에 패션쇼에 모인 모든 사람들의 시선이 꽂힌다. 그가 움직이면 수백 개의 눈도 함께 따라 움직인다. 예전에는 사람들의 시선이 불편했던 그였지만 이제는 그 시선이 좋다. 즐겁다. 한현민의 워킹이 조금씩 리듬을 타기 시작한다.

"My name is Black. 그게 나의 Swag다."

2016년 3월 24일 디자이너 한상혁의 패션쇼 오프닝으로 데뷔한 이래 그는 현재 한국 최대 패션쇼인 서울 패션위크에서 두 시즌 동안 무려 30개나 되는 쇼에 설 정도로 주목받는 모델로 성장했다. 현재 국내에서 활동하는 모델 가운데 최고 수준이다. 독특한 외모와 카리스마로 패션계의 라이징 스타로 떠오른 한현민. 올해 그의 나이 18살.

"다들 저한테 '성공했네' '성공했어 현민아' 이렇게 얘기해주시는데 저는 지금 제가 아직도 성공했다고 생각 안 해요. 지금부터 시작이라고 생각해요."

한현민, 그의 이야기는 이제부터 시작이다.

2.

No Speaking English

1973년 나이지리아에서 태어난 한 남자와 1975년 한국에서 태어난 한 여자가 한국의 무역회사에서 만나 사랑에 빠진다. 한 편의 영화와 같은 그들의 운명적인 만남은 2001년 5월 19일 이태원 해방촌에서 한 아이를 낳는 것으로 결실을 맺는다. 아빠로부터는 곱슬머리와 검은 피부를, 엄마에게서는 깊은 눈과 둥근 입매를 물려받은 흑인 혼혈 한현민은 2018년 순댓국을 좋아하는 18세 서울 토박이로 자라났다.

나이지리아 출신 아빠와 한국인 엄마.

다문화 가정이었지만 가족 간 문화 차이는 거의 느낄 수 없었다. 어린 시절의 기억을 되살려본다면 어느 날의 식사 장면 정도가 유일하게 남아 있을 뿐이었다. 부모님과 밥을 먹고 있을 때였다. 아무 생각 없이 그는 왼손으로 숟가락을 들었다. 오른손잡이였지만 왼손을 사용하는 데 딱히 불편함을 느끼진 않았다. 그저 상황에 따라 편한 손을 사용하면 된다고 생각했다. 왼손으로 밥을 먹고 있는 그의 모습을 보고 아버지가 근엄하게 꾸짖었다.

"식사할 때 왼손을 사용해선 안 된다."

무슨 큰일이라도 난 것처럼 잔뜩 경직된 얼굴로 그를 쳐다보고 있는 아버지를 그는 이해할 수 없었다. 건널목을 건널 때에만 왼쪽과 오른쪽을 구분해야 한다고 생각했지 밥을 먹을 때에도 좌우가 그렇게 중요한 문제인지는 몰랐다.

"왜 왼손은 사용하면 안 돼요?"

그의 물음에 아버지는 당연한 걸 묻는다는 듯 한 마디 툭 던졌다.

"왼손은 더럽단다."

그는 자신의 왼손을 내려다보았다. 조금 전까지 아버지와 함께 레고블럭을 쌓으며 놀았던 바로 그 손이었다. 그가 고개를 갸우뚱하자 옆에 있던 엄마가 그의 왼손을 부드럽게 쓰다듬으며 말을 덧붙였다.

"나이지리아에서 왼손은 화장실에서 휴지를 대신해서 사용하는 손이란다. 볼일 볼 때 쓰는 손이니까 깨끗하지 않다고 생각하는 거야. 그래서 식사할 땐 깨끗한 오른손만 사용하는 거지."

밥을 먹을 때 왼손을 사용하지 않는 것이 나이지리아 문화라는 이야기였다. 아직 어린 그로서는 엄마의 말도 이해할 수 없기는 마찬가지였다. 어차피 다 똑같은 손인데 왜 하나는 더럽고 하나는 깨끗하다고 하는 걸까 납득하기 어려웠다. 더욱이 그 일로 자신이 아버지한테 혼나야 한다는 사실이 속상하기만 했다. 지금 돌이켜보면 나이지리아 문화는 우리와 다르구나, 하고 쉽게 넘어갈 수 있는 사소한 일이었는데 그때 당시에는 영원히 풀리지 않을 미스터리처럼 심각하게 생각되었다.

식사하는 손에 관련된 일화를 제외하면 다문화 가정으로서 문화 차이를 경험한 기억은 거의 없었다. 일반 한국인 가정과 다른 점을 찾는다는 것이 그에게는 오히려 더 어려운 미션이었다. 주로 집에서는 평범한 한국 가정식, 그러니까 한식을 먹었다. 아버지는 나이지리아 사람이지만 김치찌개를 좋아했고 그래서 집에서 자주 해먹었다. 외국식 찌개인

치킨 스튜를 아버지가 가끔 요리해주곤 했는데 엄마가 해준 것보다 훨씬 더 맛있었다. 겉모습은 전형적인 흑인이지만 아버지는 삶의 절반을 한국에서 보낸 반(半) 한국인이었다.

한국에서 영어 강사로 일하는 아버지는 자녀들에게 영어 공부를 강요한 적이 없었다.

나이지리아에서는 영어를 사용하기 때문에 아버지는 영어가 유창했다. 한현민이 한국어를 모국어로 삼은 것처럼 아버지 역시 영어가 제1언어였다. 집에서 아버지는 엄마와 영어로 대화를 나누었다. 그는 누구보다 쉽고 편하게 집에서 영어를 습득할 수 있었다. 다른 친구들처럼 영어 학원을 다니거나 외국으로 어학연수 갈 필요가 없었다. 자연스럽게 집에서 영어로 말하고 듣는 연습을 할 수 있었다.

처음에는 아버지도 그가 한국어와 함께 영어를 구사했으면 좋겠다는 생각에 영어로 말을 걸며 자연스럽게 영어대화를 시도했다. 하지만 그는 그럴 때마다 입을 꾹 닫아버렸다. 여기는 한국이고 한국에서 태어나고 자란 그에게 영어는 낯선 나라의 언어일 뿐이었다. 부모님은 집에서 영어로 대화하지만 그는 한국말 쓰기를 계속 고집했다. 아버지는 그런 그의 마음을 존중해주었다. 아버지 자신 역시 제2외국어인 한국어가 어렵기는 마찬가지였다.

한국어에 서툰 아버지가 영어로 말을 하면 엄마가 옆에서 통역을 해주었다. 아버지와 아들이 다른 언어를 사용한다는 것이 다른 사람들 눈에는 이상하게 보일지 모르지만 그와 그의 가족들은 아무렇지 않았다. 다름과 다름이 평화롭게 공존하는, 지극히 자연스러운 다문화 가정의 풍경이었다.

하지만 그가 조금씩 커가면서 문제가 생겼다. 그의 가족들은 전혀 문제라고 생각하지 않았던 것이었다.

"Excuse me."

그가 사는 곳은 이태원이었다. 그가 학교에 가거나 친구를 만나기 위해 길을 걸을 때면 영어로 말을 걸어오는 사람들이 많았다. 그의 이국적인 외모 때문이었다.

"Excuse me."

하얀 피부인 사람도 있었고 그와 비슷한 검은 피부인 사람도 있었다. 그에게 말을 건네는 외국인들의 외양은 모두 달랐다. 하지만 그에게 영어를 할 수 있는지 물어보지 않는다는 점에서는 모두 동일했다. 당연히 그가 영어를 할 수 있을 거라는 믿음을 가지고 그들은 검은 피부의 그에게 말을 건넸다. 그로서는 참으로 난감한 일이 아닐 수 없었다. 영어라고는 ABCD 같은 아주 기초적인 알파벳밖에 그는 몰랐다. 학교에서도 영어수업이라면 질색하던 그였다.

"No speaking English."

외국인의 외모로 완벽한 한국어를 구사할 때도 그랬지만 영어 한 마디 못한다고 말할 때에도 그를 바라보는 사람들의 표정에는 당황한 기색이 역력했다.

왜? 어떻게?

그러한 사람들의 반응을 그는 이해하기 어려웠다. 피부색만 다르지 자신은 한국에서 태어나고 자란 한국 사람이었다. 자신은 그저 영어를 싫어하고 못 하는, 한국에 사는 평범한 중학생이라는 것이 그의 생각이었다.

한국 사람이 영어 못하는 게 그렇게 이상한가요, 그는 반문하고 싶었다.

하지만 그가 할 수 있는 말은 하나뿐이었다.

"I am sorry. No speaking English."

그는 미안하다고 말했다. 왜 자신이 영어를 못 하는 것이 그들에게 미안해야 할 일인지 이해할 수 없었지만 저절로 그 말이 입 밖으로 튀어나왔다. 어리둥절한 얼굴로 자신을 이상하게 바라보고 있는 그들과 마주하고 있으면 왠지 자신이 무슨 잘못을 한 것만 같았다. 영어를 할 줄 아냐고 묻는 사람들에게 그는 사과를 하고 또 사과를 했다.

아이 엠 소리.

간혹 그가 한국어를 못 하는 줄로 오해하고 영어로 말을 걸어오는 한국 사람들이 있었다. 그들은 그가 한국말을 할 줄 안다고 유창한 한국어로 말해도 계속 영어로 말을 건네 왔다. 그런 그들의 마음을 그는 정말 이해하기 어려웠다. 그가 알아듣지 못하고 고개를 갸우뚱하면 그들 역시 고개를 갸우뚱하면서 자기 할 말만 하고는 가버렸다.

처음부터 그의 대답은 중요하지 않았다는 듯이 그들은 그의 표정이나 기분 따위에는 신경 쓰지 않았다. 다문화 가정 출신으로서 그가 경험한 문화 차이의 장벽은 집안에 있지 않았다.

밖에 있었다.

3.
까만 애와는 놀지마

외국인 거주자가 많기로 손꼽히는 서울 용산구 이태원에서 태어나고 자랐지만 그가 어렸을 때는 지금처럼 다문화 가정 출신 아이들이 많지 않았다. 때문에 그는 어린 시절 놀림을 많이 받아 상처가 많은 아이였다.

나이지리아 출신 아버지와 한국인 어머니를 둔 그는 말을 배우기 시작할 무렵부터 자신이 남들과 다르다는 것을 일찍 깨달았다.

"엄마, 왜 내 피부색은 다른 애들과 달라?"

다른 아이들처럼 한국말을 모국어로 유창하게 구사하는 '진짜' 한국인이었지만 생김새가 다른 건 어쩔 수가 없었다.

그는 수없이 묻고 또 물었다.

유치원에 다닐 때였다. 한없이 맑고 순수한 어린 아이의 마음에도 자신과 다른 존재에 대한 경계심 같은 것이 있는 모양이었다. 가만히 앉아 있는 그에게 한 아이가 다가와 놀이터 모래를 한 움큼 뿌리고 가버린 일이 있었다. 그 아이와 말다툼을 한 것도 아니고 몸싸움을 한 것도 아니었다. 그 아이가 자신에게 화낼 이유 같은 건 애초에 존재하지 않았다. 둘 사이에 아무 일이 없었기 때문에 그 아이를 이해하고 싶어도 그는 그럴 수 없었다. 그 아이를 용서할 수도 없었고 그 아이와 화해할 수도 없었다. 그 일이 일어나기 전과 후에 달라진 건 아무것도 없었다. 아무 일 없었다는 듯 그날의 사건은 그렇게 일상의 한 부분으로 스며들어버렸다.

모래를 뿌리거나 가지고 놀던 장난감을 던지는 것은 그나마 나았다. 간혹 얼굴에 침을 뱉는 아이들이 있었다. 그들은 같은 유치원에 다니는 또래아이들이었다. 한때는 친구였던 아이들.

피부색이 검다는 것은 또래 아이들보다 몸무게가 아주 많이 나간다거나 키가 아주 작은 것과는 전혀 다른 성질의 것이었다. 마음만 먹으면 살은 뺄 수도 있고 찔 수도 있었다. 키는 시간이 흐르면 저절로 자라나는 것이었다. 무럭무럭 클 수 있는 시간이 어린 그들에겐 충분히 남아 있었다. 하지만 피부색은 달랐다. 자주 씻는다고 해서 검은 것이 하얗게 변할 수는 없었다. 아무리 비싼 비누를 사용해도 얼굴은 그저 깨끗해질 뿐 다른 아이들처럼 아이보리 빛 살결이 되지 않았다.

노력과 시간의 흐름에 상관없이 블랙은 블랙이었다.

한 줄기의 희망도 일말의 가능성도 그에게는 허락되지 않았다. 검은 피부의 어린 그에게 친구 사귀는 일은 하루아침에 키가 10cm 크는 일보다 더 어려운 일이었다.

그렇다고 친구가 아예 없었던 것은 아니었다. 함께 놀이터에서 시소를 타고 음악시간에 노래에 맞춰 율동을 같이 하며 친하게 지내던 몇 명의 친구들이 있었다. 하지만 그 우정은 높이 쌓아올린 레고블럭과 같아서 그의 마음은 늘 조마조마했다. 어른들의 사소한 입김에도 크게 휘청거리거나 와르르 무너질 수 있었다.

어느 날이었다. 친한 친구도 생기고 유치원 다니는 것에도 조금씩 재미가 붙어가고 있었다. 집으로 돌아가면 그는 엄마에게 하고 싶은 이야기가 많았다. 오늘은 무엇을 배웠고 어떤 친구와 어떻게 재미나게 놀았는지…… 엄마 품에 안겨 종알 종알 하루 일과를 이야기하고 싶다는 생각에 그는 잔뜩 부풀어 있었다.

콜센터에 일하러 나간 엄마는 바빠서 데리러 오지 못할 테지만 그는 괜찮았다. 외롭지 않았다. 엄마가 회사에 다니는 건 모두 엄마의 소중한 아들인 자신 때문이었다. 그에게 좋은 옷을 사주고 맛있는 음식을 해주기 위해 회사에 나가는 거라고 엄마는 설명해주었다.

유치원 수업이 다 끝나갈 무렵이었다. 하나둘씩 예쁘게 차려입은 아줌마들이 모습을 드러내기 시작했다. 조금 있으면 그와 함께 있던 친구들도 하나둘씩 엄마 손을 잡고 유치원을 떠나갈 것이었다. 하늘색 원피스를 입은 한 아줌마가 그를 향해 빠르게 걸어오고 있었다. 하늘거리는 치마가 천사처럼 예쁘다고 생각하는 찰나, 그녀가 그의 앞에서 우뚝 멈춰 섰다. 그녀의 시선은 검은 아이와 손을 꼭 잡고 있는 딸의 작은 손에 고정돼 있었다.

"까만 애랑 놀지마."

당황한 건 한현민 자신보다 옆에 있던 친구였다. 엄마 손에 끌려가며 그 아이는 영문을 모르겠다는 듯 큰 눈을 끔벅하고 있었다.

자신과 점점 멀어져가는 친구를 그는 멀거니 바라보고 서 있었다.

  그는 울지 않았다. 아니, 울고 싶지 않았다. 운다고 해서 달라지는 것은 아무것도 없었다.

  늘 이런 식이었다. 친구와 조금 가까워져서 서로 마음을 열 무렵이면 친구 엄마가 와서 '이런 애랑 놀지마' 하며 데려가버렸다. 얼굴에 침을 뱉고 장난감을 던지는 것보다 이렇게 억지로 어른들이 친구와 자신을 떼어놓는 게 그는 더 가슴 아팠다. 정성을 다해 쌓아올린 레고블럭이 한순간에 와르르 무너져내린 것처럼 맥이 탁 풀려버렸다. 더 이상 아무것도 할 수 없을 것이라는 절망 때문이었다. '나는 왜 남들과 다르게 생겼나' 하는 생각이 그를 무겁게 짓누르고 있었다. 어린 그가 들어올리기에는 너무나 무거운 삶의 무게였다.

  흑인에 가까운 외모였지만 그는 자신이 '진짜' 한국인이라고 생각했다. 한국에서 태어나 자랐고 한국어밖에 할 줄 몰랐다. 피부색을 제외하면 그는 다른 아이들과 다른 점이 하나도 없었다. 하지만 그를 바라보는 사람들의 시선은 그에게 깊은 상처를 남길 만큼 날카롭고 차가웠다.

  유치원 시절은 그가 가족이 아닌 사람들과 관계를 맺은 최초의 경험이었다. 그 기억은 그리 따뜻하지 않았다. 체험학습만 나가도 사람들은 그를 뚫어지게 쳐다보았다. 피부색이 다르다는 것이 무엇을 의미하는지 아직 어린 그는 잘 몰랐다. '왜 나를 쳐다보지?' 어린 마음에 그는 숨고 싶은 마음뿐이었다.

학교에 들어가서도 상황은 달라지지 않았다. 외국인 학교가 아닌 일반 학교에 진학한 그의 학교생활은 쉽지 않았다. 그의 일거수일투족이 화제의 중심에 있었다. 그는 항상 모든 사람들의 시선에 무방비로 노출되었다.

하루는 함께 어울려 다니는 친구들과 함께 중국집에 갔다. 한창 수다를 떨며 자장면을 먹고 있는데 가게 문을 열고 한 녀석이 들어오면서 큰 목소리로 말했다.

"시커먼 애가 자장면을 먹고 있네."

중국집에 있던 사람들의 시선이 일시에 그에게 쏠렸다. 그는 잠시 고민했다. 화를 내야 하는 걸까. 아니면 못 들은 척 계속 자장면을 먹어야 하는 걸까. 중국집은 팽팽한 긴장감으로 침묵이 흐르고 있었다. 그가 어떤 반응을 보일지 다들 궁금해하는 눈치였다. 무례한 행동을 한 그 녀석을 꾸짖거나 야단치는 사람은 없었다. 계산대에 서 있던 중국집 사장님도 식사를 하던 나이 지긋한 어른들도 가만히 그 상황을 지켜볼 뿐이었다.

철없는 녀석의 한 마디 말보다 자신을 둘러싼 다른 사람들의 호기심 어린 시선들이 그날 그에게는 더 큰 상처로 남았다.

학창시절에 가장 좋았던 추억이 무엇이냐고 묻는다면 대다수의 학생들은 수학여행이라고 답할 것이다. 하지만 그에게 수학여행은 가장 기억하고 싶지 않은 추억 중 하나였다. 수학여행, 수련회, 그러니까 학교에서 진행하는 외부 단체 활동이란 것은 모두 다 불편하고 부담스러웠다. 즐거움이라기보다는 괴로움에 가까웠다.

경주로 수학여행 가기 전날 그는 두려운 마음에 밤늦도록 잠들지 못했다. 밤이 지나고 해가 뜨는 게 무서웠다. 다른 지역 다른 학교에서 수학여행 온 아이들과 만날 생각을 하니 가슴이 답답했다. 새로운 사람을 만난다는 건 그에게 늘 긴장되는 일이었다. 물론 그가 다니는 학교에도 아직 그가 모르는 아이들이 많았다. 하지만 그 아이들은 모두 그를 알고 있었다. 그는 그들이 누구인지 몰라도 그들은 그가 누구인지 잘 알고 있었다. 그는 학교에서 유명 인사였다. 그의 이름은 몰라도 그의 검은 얼굴은 아이들 사이에서 유명했다. 그를 신기하게 바라보거나 낯설어할 아이들은 학교에 더 이상 남아 있지 않았다.

하지만 수학여행은 달랐다. 여러 지역에서 온 학생들을 모두 합하면 그 인원이 수백 명이었다. 천 개가 넘는 눈들이 자신을 신기하게 쳐다볼 거라는 상상만으로도 그는 온몸에 소름이 돋을 것 같았다. 이 모든 게 남과 다른 피부색 때문이었다.

안타깝게도 그의 걱정은 늘 냉혹한 현실이 되어 그를 찾아오곤 했다. 한 번은 수련회 조교가 그를 따로 불러 무대에 세운 적이 있었다. 수백 명의 아이들 사이에서 그의 검은 피부가 빛을 발한 탓이었다. 따가운 시선에 온몸이 녹아내릴 것처럼 그는 긴장되었다. 무대에 서 있었던 오 분이란 시간이 그에게는 다섯 시간처럼 느껴졌다. 또래 친구들 앞에서 재미난 구경거리가 된 기분이었다. '내가 이렇게까지 누구의 시선을 받아야 하나' 하는 생각에 자신을 불러낸 조교가 원망스러웠다. 그리고 그런 자신을 신기하게 쳐다보던 이름 모를 아이들도 원망스러웠다. 그 자리에 있던 사람들 모두가 원망스러웠다.

외국인 학교가 아닌 일반 학교에 진학한 것은 남들과 똑같아지길 바라는 마음에서였다. 다른 이유는 없었다. 다른 친구들처럼 그 역시 한국인이라는 생각에 외국인 학교에 진학하지 않은 것이었다. 하지만 세상은 그가 평범하게 사는 걸 허락하지 않을 모양이었다. 수백 명 아이들 속에 가만히 서 있어도 그는 눈에 띄었다. 그런 자신이 그는 마음에 들지 않았다. 그 누구보다 평범하지 못한 자기 자신이 그는 제일 원망스러웠다.

다른 사람에게는 평범한 일상이 그에게는 그렇지 못할 때가 많았다. 지하철을 타고 친구를 만나러 가고 있었을 때의 일이었다. 핸드폰으로 신나게 게임을 하고 있는 그에게 한 중년 남자가 빠르게 다가왔다. 그의 옆으로 바짝 다가선 남자가 귓속말로 속삭였다.

"웨얼 아유 포럼?"

남자의 더운 입김이 그의 얼굴에 훅 끼쳐왔다. 그는 조금 놀랐지만 태연하게 행동했다. 남자는 낮술을 한 잔 걸친 것인지도 몰랐다. 술 취한 사람과 얽혀 괜한 소란을 피우고 싶지 않았다.

"웨얼 아유 포럼?"

남자는 그가 반응이 없자 목소리를 높여 다시 물었다. 같은 칸에 타고 있던 사람들의 시선이 남자와 그에게로 쏠렸다.

호기심과 경계심이 가득한 눈빛들. 한국에서 십여 년 동안 살아오면서 그림자처럼 항상 그를 따라다니던 것들이었다. 이젠 슬프기보다는 지겨웠다. 그리고 지칠 대로 지쳐서 대꾸하는 것조차 귀찮았다.

"웨얼 아유 포럼?"

다짜고짜 남자는 영어로 말을 걸며 우주에서 온 외계인이라도 본 것처럼 그의 얼굴을 뚫어지게 쳐다보고 있었다. 기분이 나빴지만 남자는 그보다 스무 살은 많아 보였다. 어쩌면 아버지와 나이가 비슷할지도 모른다는 생각이 들었다. 그는 고개를 살짝 숙이고는 그를 피해 반대편 문 쪽으로 가서 섰다.

무관심. 무례한 행동에 대해 그가 할 수 있는 최고의 공격, 아니 방어였다.

문이 열리면 그는 내릴 생각이었다. 약속장소까지는 아직 몇 정거장 더 가야 했지만 지하철을 계속 타고 있으면 남자가 계속 귀찮게 할 것 같았다. 하지만 남자는 물러서지 않았다. 열린 문으로 나가는 그를 향해 남자는 소리를 꽥 질러댔다.

"어느 나라 사람이냐니까!"

'아저씨처럼 저도 한국 사람이에요!'라고 그는 크게 소리

를 지르고 싶었다. 하지만 꾹 참았다. 여기는 예로부터 동방
예의지국이라고 불리는 한국이었고 한국인은 예의를 중히
여기는 사람들이었다. 국적은 단순히 얼굴색으로 정해지는
게 아니라고 그는 굳게 믿었다.

음식점에 들어가 먹고 싶은 음식을 먹고 길거리를 자유롭
게 걸어 다니고, 그런 사소하고 평범한 일상들을 그는 마음
껏 누릴 수 없었다. 동물원의 원숭이마냥 쳐다보는 시선들은
언제나 그를 쫓아다녔다. 갑자기 자기에게 다가와 무슨 말을
던질지 모른다는 생각에 그는 두렵고 무서웠다. 어느 나라
사람이냐고 묻던 지하철 남자는 그래도 나은 편에 속했다.
어느 날은 길을 지나가고 있는데 낯선 할머니가 갑자기 다가
와 다짜고짜 소리를 버럭 질렀다.

"남의 나라에서 뭘 하는 게야?"

질문의 형식을 띄고 있었지만 할머니는 그의 대답을 듣고
싶은 것이 아니었다.

"남의 나라에서 뭘 하고 있는 거냐구?"

할머니는 그를 꾸짖고 있었다. 마치 그가 여기 있는 게 큰
잘못이라도 되는 것 마냥 화가 잔뜩 나 있었다. 잔뜩 찌푸린
얼굴로 자신을 노려보고 있는 할머니 앞에서 그가 할 수 있

는 건 아무것도 없었다. 할머니의 노여움은 한현민이란 인간 자체를 향해 있었다. 할 수만 있다면 그는 투명해지고 싶었다. 할머니 앞에서 보란 듯이 사라져버리고 싶었다. 검은 피부, 곱슬머리…… 자신을 억압하고 구속하던 사람들의 시선에서 해방되고 싶었다. 아무도 보지 못하는 존재가 되어 자유롭게 돌아다니고 싶었다.

하지만 그 생각은 오래가지 못했다. 할머니가 떠난 길 한복판에 홀로 서 있는 한 사람을 발견하고 그는 마음이 혼란스러웠다. 그는 여전히 검은 얼굴에 고불고불 말려 있는 머리를 가지고 있었고 그 모습은 누가 뭐래도 가장 '한현민'다운 모습이었다.

4.
너는 특별한 아이야

그의 어린 시절 별명은 '브로콜리'였다. 고불고불한 곱슬머리가 브로콜리의 송이와 비슷하다고 붙여진 것이었다. 아빠에게 물려받은 흑인 특유의 곱슬머리는 언제나 그의 검은 피부와 함께 놀림의 대상이 되곤 했다. 만화 〈아기 공룡 둘리〉에 나오는 '마이콜' 역시 어린 시절 그의 별명 중 하나였다. 후루룩 짭짭 후루룩 짭짭 맛 좋은 라면~~ 기타를 메고 신나게 노래하는 가수 지망생 마이콜은 흑인과 한국인 사이에서 태어난 흑인 혼혈인이었다. 지금은 한국전쟁 이후 태어난 혼혈인들의 복지사업을 펼치고 있는 펄벅재단의 홍보 마스코트가 되었지만 그때 당시만 해도 우스꽝스런 행동을 하는 우스운

인물로 인식되었다.

브로콜리든 마이콜이든 그는 그 별명들이 너무 싫었다. 엄마한테 머리를 펴고 싶다고 마구 떼를 쓰기도 하고 불쌍한 표정으로 조르기도 했다. 헤어스트레이트 시술을 받아 차분한 생머리가 되면 더 이상 친구들이 놀리지 않을 것 같았다. 친구들의 괴롭힘을 피하는 방법은 머리 스타일을 바꾸는 것밖에는 없다고 그는 생각했다.

하지만 그의 간절한 부탁을 엄마는 단호히 거절했다.

"검은 얼굴에 생머리면 동남아 사람처럼 보일 텐데, 그래도 괜찮겠어?"

초등학교 시절 그가 친구들에게 놀림을 받고 집에 돌아와 참았던 눈물을 터트릴 때면 엄마는 그를 옆에 앉히고는 그가 눈물을 멈출 때까지 말없이 기다렸다. 함께 울어주지도 않았고 그를 놀린 친구들이 잘못한 것이라며 그들을 비난하지도 않았다. 엄마는 어느 편도 들지 않았고 어느 쪽에도 속하지 않았다. 지금 그가 처한 불합리한 상황에 대해 동정하지도 않았고 분노하지도 않았다. 축 쳐져 있는 그의 작은 어깨를 따뜻하게 감싸며 엄마는 작지만 단호한 목소리로 말했다.

"너는 특별한 존재야. 언젠가는 이 피부색이 너한테 좋은 일을 해줄 거야."

나중에 중학교에 진학해서 그가 주변의 따가운 시선이 불편하다고, 그래서 요즘 많이 속상하다고 하소연할 때도 마찬가지였다.

"사람들이 놀리면 그냥 무시해. 너는 아주 특별한 사람이야. 기다려봐, 피부색이 까매서 좋은 일이 생길 거야."

엄마의 말은 신기한 주문과 같았다. 그가 괴롭거나 슬픈 일이 생길 때 그 말을 떠올리면 신기하게 힘이 생기고 무언가 일이 잘 풀릴 것 같은 행복한 예감에 사로잡히곤 했다.

장군님.

가족들은 엄마를 '장군님'이라 불렀다. 그를 비롯해 4명의 동생들은 물론이고 아버지도 엄마한테는 꼼짝을 못했다. 콜센터에서 힘들게 일하며 5남매를 키우는 엄마를 보고 사람들은 이 모든 게 엄마의 긍정적인 성격 덕분이라고 했지만 그의 생각은 달랐다. 엄마는 긍정적이기보다는 '쿨'한 편에 속했다. 매사 시시콜콜 따지기보다는 큰 틀에서 생각하고 과감하게 행동에 옮기는 스타일이었다. 나이지리아라는 낯선 나라에서 온 남자와의 결혼을 결심했을 때도 그랬고 요즘 세상에서는 보기 드문 5남매를 낳아 대가족을 이룰 때에도 그랬다. 물론 맏아들인 그가 무언가 하고 싶다고 말할 때에도 엄마는 역시 '쿨'했다.

"그래, 해봐."

여느 엄마들처럼 잔소리를 하거나 간섭하지 않았다. 무조건 '오케이' 해주었다. 단, 조건이 하나 있었다.

"네가 한 일은 네가 책임져야 해."

중학교 1학년 겨울방학 때 처음으로 아르바이트를 한 적이 있었다. 서빙 아르바이트를 알아봤는데 그건 중학교 3학년이나 고등학생부터 가능한 것이라고 했다. 나이 제한에 걸려 전단지 아르바이트밖에 할 것이 없었다. 그래서 그는 집 대문에 전단지를 붙이는 아르바이트를 하게 되었다.

한 달 동안 50만원을 벌 계획이었다. 적어도 30만원은 모을 수 있을 거라고 그는 생각했다. 돈이 생기면 유니클로나 H&M 브랜드에 가서 옷을 왕창 사는 것, 그래서 옷장에 빼곡하게 걸어두는 것이 그의 작은 소망이었다. 엄마와 함께 쓰는 그의 옷장에는 고작 몇 벌의 옷만이 단출하게 걸려 있었다. 학생이 교복 있으면 됐지 무슨 옷이 필요하냐며 엄마는 옷을 사주지 않았다.

전단지 알바 팀장으로부터 그가 배당받은 곳은 둔촌동 아파트 단지였다. 열네 살 아이의 눈에 빼곡하게 들어서 있는 아파트는 자신의 옷장에 들어갈 멋진 옷들로 보였다. 총 10단지였고 한 달이면 50만원은 거뜬하게 벌 수 있을 거라고 그는 확신했다.

먼저 그는 엘리베이터를 타고 제일 높은 층으로 올라갔다. 한 층씩 계단으로 내려가면서 전단지를 붙이면 일의 효율이 높아질 것이었다. 엘리베이터 문이 열리고 10층에 내리자 차가운 바람이 뺨을 세게 후려쳤다. 정신이 번쩍 들었다. 고개를 들어 위를 올려다보았다. 하늘은 폭설이 내릴 것처럼 창백했다. 아주 추운 겨울날이었다.

겨드랑이에 끼고 있던 전단지 뭉치에서 그는 한 장을 꺼냈다. 문에 붙이려고 보니 테이프를 뜯어놓지 않은 게 생각났다. 끼고 있던 장갑을 벗었다. 왼손으로 전단지를 문에 고정하고 오른손으로 테이프를 뜯어 간신히 붙였다. 손끝으로 철제 대문의 차가운 감촉이 전해져왔다. 온몸이 짜릿하면서 등에 소름이 오돌오돌 돋아났다.

종종 걸음으로 복도를 지나가며 문마다 전단지를 붙였다. 생각했던 것보다 시간이 훨씬 더 걸리는 작업이었다. 전단지 한 장을 붙이는 데 여러 동작이 필요했다. 뭉치에서 전단지를 꺼내고 테이프를 뜯어 그 전단지에 붙이고 그걸 다시 대문에 붙이고. 품이 많이 들었고 그 시간만큼 더 추웠다. 하루에 600개는 돌려야 한다는데, 이렇게 해서는 60개도 못 할 것 같았다. 생각보다 고된 노동에 그는 집으로 돌아가고 싶은 마음이 간절했다. 찬바람이 쌩쌩 부는 복도를 돌아다니는 내내 따뜻한 방안 풍경이 머릿속을 떠나지 않았다.

아르바이트를 나가는 횟수가 점점 줄어들었다. 처음에는 매일 나가다가 하루 이틀 빠지는 날들이 생겨났다. 일주일 동안 한 번도 나가지 않은 날도 있었다.

'전단지 아르바이트를 한다고 했을 때 왜 엄마는 말리지 않았던 것일까.'

아무 잘못도 없는 엄마가 괜히 원망스러웠다. 철없는 십대 아들이 하는 일을 무조건 허락해주는 부모가 어디 있어, 하고 괜한 투정을 부리고 싶었다.

그가 하겠다는 일에 대해 엄마는 반대한 적이 없었다. 이번에도 마찬가지였다. "그래? 해봐, 그럼." 다시 시간을 돌릴 수만 있다면 아르바이트를 시작하기 전으로 돌아가고 싶었다.

다른 친구들은 아파트 경비원 때문에 출입을 하지 못해 난

처하다는데 그의 경우엔 오히려 그 반대였다. 너무 쉽게 들어갈 수 있었고 그래서 추위 속에서 대문에 전단지 붙이는 일이 더욱 고되게 느껴졌다. 게다가 그가 전단지를 붙이기 전에 이미 문에는 십여 개의 전단지가 덕지덕지 붙어 있었다. 그가 한 장 더 붙인다고 해서 달라질 게 없어 보였다. 아무런 보람도 없고 의미도 없는 일이었다. 그래서 그는 더 힘이 들었다. 큰돈을 벌겠다는 거창한 포부도 옷을 왕창 사고 싶다는 간절한 소망도 그의 지친 마음을 다잡아주진 못했다.

한 달이 지나고 나서 그가 받은 아르바이트의 총 금액은 4만원이었다. 초록빛 종이 네 장을 손에 쥐자 갑자기 후회가 밀려왔다. 왜 그렇게 땡땡이 쳤을까. 그는 자기 자신에게 실망스러웠다. 그토록 옷을 사고 싶어 했으면서 왜 성실하게 일을 하지 않은 것일까. 조금 춥다고, 조금 힘들다고 일을 게을리 했던 지난날들이 후회스러웠다. 아르바이트만 하면 큰돈을 벌 것처럼 으스댔던 자신의 철없음을 반성하게 되었다.

4만원.

그가 처음으로 일해서 번 돈이었다. 함부로 소중한 돈을 쓸 수는 없었다. 원래 계획이라면 유니클로나 H&M 브랜드에 가서 옷을 살 생각이었지만 그는 생각을 바꾸었다. '처음'을 기념하고 싶었다. 오랜 고민 끝에 그는 엄마에게 빨간 속옷을 사드리기로 결심했다. 드라마에서 보면 첫 월급으로 가족들에게 빨간 속옷을 선물하곤 했다. 그런데 막상 자신이 빨간 속옷을 사려고 하니 망설여졌다. 가게에 들어가 여자 속옷을 살 용기가 생기지 않았다. 괜히 어색하고 쑥스러울 것 같았다. 그렇다고 빨간 속옷 대신 빨강 가방을 사기엔 돈이 부족했다. 결국 그는 스타벅스에서 빨간 머그컵을 샀다.

"이런 걸 뭐 하러 사 왔어?"

퉁명스러운 말투와 달리 엄마의 얼굴에 미소가 번지고 있다는 걸 그는 눈치챘다. 그가 얼마나 힘들게 일을 했고 얼마나 많은 내적 갈등을 겪었는지 엄마는 다 알고 있었으리라. 비싼 컵이 아니었는데도 엄마는 두 손으로 소중하게 그걸 감쌌다. 마치 추운 날씨에 잔뜩 굳어버린 그의 몸을 포근하게 안아주는 것 같았다. 자신의 결정에 대해 책임질 줄 아는 삶. 엄마는 그가 스스로 깨닫길 기다리고 있었던 것이다.

그를 낳기 전부터 지금까지 직장은 몇 번 바뀌었지만 엄마는 일을 손에서 놓은 적이 없었다. 몸이 아픈 날도 날씨가 궂은 날도 엄마는 계속 출근을 했다. 엄마는 그가 아는 그 누구보다 자기 삶에 대해 책임질 줄 아는 사람이었다. 그는 그런 엄마가 좋았다. 엄마는 힘든 일이 있어도 처지를 비관하며 슬픔에 젖어있기보다 우울한 감정 따위는 탈탈 털어버리고 앞으로 성큼성큼 걸어가는 사람이었다. 그게 바로 있는 그대로의 자기 삶을 사랑하는 방식이었다.

엄마의 키는 168cm로 비슷한 나이대의 여자들보다 월등히 컸다. 그런 엄마를 보고 사람들은 그가 엄마를 많이 닮은 모양이라고 말하곤 했다. 엄마의 눈과 엄마의 입술, 그의 얼굴에서 사람들은 엄마의 흔적을 많이 발견해냈다. 하지만 그가 엄마로부터 물려받은 것은 눈에 보이는 것만이 아니었다. 무엇보다 엄마의 마음을 가장 많이 닮았다고 그는 생각했다. 아무리 친구들이 자신을 괴롭히고 놀려도 그는 부모님을 원망하지 않았다. 혼혈로 태어난 자신의 처지를 한탄하기는 했지만 자신을 낳아준 부모님을 탓한 적은 없었다. 그분들이 계시지 않았다면 이 세상에 자신은 태어날 수 없었을 것이었다. 혼혈로 태어난 슬픔보다 자신을 낳아주신 부모님에 대한 고마움이 훨씬 더 컸다. 특히 엄마의 응원은 큰 힘이 되었다. 누구보다 그에게 아낌없는 사랑을 주는 사람이었다.

"너는 특별한 아이야."

엄마가 그를 믿어준 만큼 그는 용기를 낼 수 있었고 그 믿음으로 그는 계속 밝고 건강하게 자신의 삶과 직접 대면할 수 있었다. 희망은 보이지 않았지만 희망이 있는 나날들이었다.

5.

피부색이 달라도 할 수 있다

일본, 미국, 프랑스, 독일, 코트디부아르……

그가 다닌 초등학교에는 외국인 학생들이 많았다. 학교는 이태원에 위치해 있었고 그래서 외국인과 한국인 사이에서 태어난 혼혈 아이들도 많았다. 그 숫자는 점점 늘어나 그가 학교를 졸업할 당시에는 그와 같은 혼혈 학생들이 전교에 30여 명쯤 되었다. 한 개의 반에 해당하는 인원이었다.

다문화 가정 아이들이 많았기 때문에 학교에는 다양한 다문화 프로그램이 준비되어 있었다. 한국어에 서툰 아이를 위한 한글 교육도 있었고 학교 적응이 어려운 아이를 위한 다문화 상담 시간도 있었다. 다문화 가정 학생인 그 역시 교내의 다양한 다문화 프로그램에 참석했다.

그러면서 자연스럽게 그는 '레인보우 합창단'을 알게 되었다. 2009년 시작된 레인보우 합창단은 국내 최초로 다문화 가정 어린이들로만 구성된 합창단이다. 베트남, 필리핀, 태국, 파키스탄 등 부모님 중 한 분이 외국인인 다문화 가정 출신 아이들이 음악 교육과 노래를 통해 친구들과 우애를 다지며 새로운 꿈을 키워나가는 것을 돕기 위해 설립된 곳이었다.

3학년부터 6학년까지 그는 레인보우 합창단에서 활동했다. 초등학교 재학 기간의 절반에 해당하는 짧지 않은 시간이었다. 서울 이태원에서 태어나 그곳을 한 번도 떠나본 적 없는 그에게는 전국 각지에 사는 다양한 아이들을 만나볼 수 있는 특별한 기회였다. 게다가 합창단원은 모두 그와 같은 혼혈 아동들이었다. 무리에 속해 있으면서도 그는 늘 혼자 될 수밖에 없었고 그래서 늘 외로웠다. 하지만 레인보우 합창단에서는 달랐다. 합창단은 다문화 가정 출신 아이들로 이루어져 있었다. 아이들은 서로 다르지만 그렇기 때문에 서로 닮아 있었다.

친구들과 노래하는 것이 그는 참 좋았다. 높이가 다른 여러 개의 음이 조화롭게 합해져 하나의 '화음'을 만드는 것. 서로 다른 피부색을 갖고 서로 다른 국적의 부모님을 두고 있지만 그와 그들은 하나였다. 아름다운 노래가 '우리' 모두의 얼굴이 되어주고 있다고 그는 생각했다. 다양한 피부색과 인종, 국적이 함께 어우러진 평화로운 세상이었다. 합창단 친구들과 함께 무대에 서 있는 동안은 외롭지 않았다. 자신을 바라보는 사람들의 시선이 불편하지도 않았고 불쾌하지도 않았다.

무대 위에서 그는 재미있고 즐거웠다. 특히 청와대에 가서 대통령 앞에서 노래를 부를 때에는 너무나 심장이 두근거려 터져버릴 것만 같았다. 그때의 기분이란 말로 설명하기 어려운 것이었다. 그가 알고 있는 사람 중에 청와대에 들어가 본 사람은 없었다. 어린 시절 그에게 돌을 던지며 침을 뱉던 아이도, 전교 1등인 아이도, 그리고 그가 가장 존경하는 엄마도 청와대에 가봤거나 대통령을 실제로 만나본 적은 없었다. 그는 자신이 특별한 사람이 된 것 같아 무척 짜릿했다. G20정상회담을 비롯해 큰 행사에 공연을 다니면서 그의 가슴 속에는 자신감이 무럭무럭 자라났다. 그동안 자신을 혼혈이라고 놀리고 괴롭혔던 사람들의 시선과 행동들이 별 대수롭지 않게 여겨졌다.

'피부색이 달라도 무엇이든 할 수 있어요.'

강연자의 이름은 기억나지 않았지만 이 말을 들었던 순간만큼은 선명하게 그의 기억 속에 남아 있었다. 학교 다문화 프로그램 중 하나였고 수십 명의 학생들이 강연을 듣고 있었다. 팔레트처럼 다양한 피부색을 가진 아이들과 하나하나 눈을 맞추며 강연자는 단호하게 말했다. 피부색이 달라도 무엇이든 할 수 있습니다. 그때 들었던 그 말이 그의 마음속에서 생생하게 되살아났다. 어쩌면 검은 피부와 고불거리는 머리 스타일에 얽매여 있었던 건 바로 자신이었는지 모른다는 생각이 들었다. 꿈을 꾸기 전에 미리 체념하고 노력하기 전에 미리 좌절하고. 그는 자신이 다른 사람들의 시선 안에 갇혀 있었다는 걸 깨달았다. 그건 그 누구의 탓도 아닌, 자신의 잘못이었다.

한 귀로 듣고 한 귀로 흘려버리기.

남들이 무슨 말을 하더라도 그는 신경 쓰지 않기로 결심했다. 자신이 만든 그 굴레에서 빠져나오니 세상이 다르게 보이기 시작했다.

레인보우 합창단에서 함께 활동했던 아이들은 모두 그처럼 혼혈이란 이유로 친구들에게 놀림을 받으며 힘들었던 기억이 있었다. 하지만 그들은 다른 사람들이 자신의 삶을 망

가트리도록 가만히 있지 않았다. 그중에는 열심히 공부해서 명문대에 진학한 형도 있었고 학업이 아니라도 자기만의 길을 찾아 당당하게 살아가는 친구들도 많았다. 그런 그들에 비하면 자신은 너무나 소극적이고 수동적인 삶을 살았다는 생각이 들었다. 아무 희망 없이 흘려보냈던 지난 시간들이 후회되었다.

세상에는 자신의 길을 적극적으로 개척하는 사람들이 많이 있었다. 그는 운동하는 것도 좋아했지만 축구, 야구, 농구 등 다양한 종목의 운동경기를 꼬박꼬박 챙겨보곤 했다. 농구 선수 중에서는 전태풍 선수와 문태영 선수를 좋아했다. 두 사람 모두 그와 같은 흑인 혼혈이었다. 그들은 그보다 나이가 훨씬 많았고 그 세월만큼 훨씬 더 많은 차별을 받았을 것이었다. 그럼에도 어려움을 극복하고 훌륭한 농구선수가 되어 맹활약을 펼치고 있는 그들이 그의 눈에는 다른 선수들보다 훨씬 멋있어 보였다.

뭐든 할 수 있다고 생각하니 뭐든 열심히 하고 싶었다. 다른 사람들의 시선 따위는 이제 그에게 중요하지 않았다. 피할 수 없으면 즐겨라. 자신을 좋게 보는 시선이 있으면 감사한 것이고 안 좋게 보는 시선이 있으면 '아, 안 좋게 보는 구나.' 하고 그렇게 잊어버렸다. 어릴 때부터 다른 친구들처럼 평범해지는 게 소원이었지만 그럴 수 없다는 걸 누구보다 그 자신이 가장 잘 알고 있었다. 이제는 그걸 인정하고 그 다음 단계를 도모해야겠다고 생각했다.

한때 그의 꿈은 대통령이었다. 우리나라에서 가장 높은 자리에 올라간 사람이 되면 멋질 것 같다는 단순한 생각에서 시작된 꿈이었다. 차별 당한 만큼 성공해서 복수해야지, 하는 생각은 없었다. 나를 무시한 사람들 위에 군림하고 싶다는 마음도 없었다. 그저 이 세상에서 최고가 되고 싶다는 순수한 마음에서 비롯된 것이었다. 그는 순수했던 그 시절의 자기 자신으로 돌아가 당당하게 자기만의 길을 걷고 싶었다. 누군가의 시선에 얽매이지 않은, 진정한 모습의 자신을 찾고 싶었다.

6.
야구선수의 꿈, 그리고 방황

또래 아이들보다 키가 훌쩍 컸던 그는 초등학교 2학년 때 야구부에 들어갔다.

그는 야구를 좋아했다. 아니, 사랑했다고 고백할 수 있을 만큼 야구에 강한 애정을 가지고 있었다. 야구 중계방송은 하나도 빠짐없이 모두 챙겨보았고 시즌별 각 야구팀의 승률까지 줄줄 꿰고 있었다. 특히 그는 한화팀을 좋아했는데 1번에서 9번 타자까지 각 번호에 해당하는 선수가 누구이며 그 선수는 어떤 기록을 갖고 있는지 경기 데이터를 막힘없이 읊을 수도 있었다. 야구 관련 일을 업으로 삼는 야구 해설가 못지않게 야구경기에 대해 분석하길 좋아했다. 그게 그의 취미

이자 특기였다. 야구 중계시간이면 밥 먹는 것도 잊고 모니터 앞에 앉아 시간 가는 줄도 모르고 집중하는 그의 모습은 집안의 일상적인 풍경 중 하나였다.

하지만 그는 중학교 진학을 앞두고 야구를 그만두었다.

야구를 좋아하고 야구를 잘하는 것만으로는 야구선수가 될 수 없었다. 아니, 야구선수가 되는 걸 꿈꿀 수 없었다. 운동선수가 되려면 집안의 경제적 뒷받침이 필요했다.

그는 양준혁 야구선수가 운영하는 '청소년 야구캠프'에 다녔다. 다문화 가정 출신이나 저소득층 아이들을 대상으로 무료로 운영되는 야구 강습 프로그램이었다. 전문적으로 야구를 배워본 적 없는 그에게 큰 도움이 되었다. 코치님들은 자상했고 그들의 가르침은 전직 야구선수들답게 꼼꼼하고 체계적이었다. 이런 좋은 교육을 무료로 받을 수 있다는 사실에 그는 기뻤고 여기에서 야구를 계속 배워서 훌륭한 선수가 되고 싶다는 꿈을 갖기도 했다.

강습이 있는 날이 되기만을 기다리며 그는 일주일을 보냈다. 그 기다림조차 즐거웠고 행복했다. 하지만 안타깝게 강습은 일주일에 한 번, 많아봐야 두 번 열렸다. 야구선수가 되기 위해 전문적으로 배우기에는 그 횟수가 너무 적었다. 당연했다. 양준혁 재단의 '청소년 야구캠프'는 좋은 선수를 양성하는 것에 목적이 있는 것이 아니었다. 가난하고 어려운 아이들에게 꿈과 희망을 주기 위해 야구를 '즐겁게' 하는 것뿐이었다. 실제 프로 야구경기에서 시타를 해보기도 하고 일본 크루즈 여행을 가기도 했지만 그것은 어디까지나 야구를 좋아하는 어린 초등학생으로서 참여한 것이었다. 야구캠프에서의 모든 활동은 그에게 즐거운 경험인 동시에 그가 야구선수라는 꿈을 키우게 된 좋은 계기가 되었다. 하지만 프로 야구선수가 되기 위해서는 보다 전문적인 야구 강습이 필요했다.

하지만 그는 가난한 집안의 5남매 중 장남이었다. 그의 밑으로 어린 동생들이 줄줄이 있었다. 더군다나 아버지는 건강이 좋지 않았다. 엄마 혼자 일곱 식구의 생계를 책임지고 있었다. 장남인 그가 얼른 성인이 되어 가계에 보탬이 되는 일을 해야 했다.

중학교 야구팀 입단 테스트를 앞두고 엄마는 반대 의사를 밝혔다. 이제까지 그가 하겠다고 하면 무조건 흔쾌히 승낙해 주던 엄마였다. 그런 엄마가 절대 안 된다며 그를 제지하고 나선 것이었다. 중학교 야구팀에 들어가서 그는 야구에만 전념하고 싶었지만 엄마의 생각은 그와 달랐다.

그는 포기하지 않았다. 야구는 쉽게 포기할 수 있는 성질의 것이 아니었다. 그건 초등학교 2학년 때부터 가슴에 품어온 그의 소중한 꿈이었다. 그의 인생이었고 희망이었다.

입단 테스트만 보게 해달라고, 만약 불합격하면 야구선수의 꿈을 접겠다고 엄마에게 으름장을 놓았다. 하지만 엄마는 단호했다. 테스트에 합격한다고 해도 비용이 많이 들기 때문에 안 된다는 것이었다. 다른 아이들처럼 정기적인 강습을 받게 할 수도 없고 계절마다 보양식을 챙겨줄 수도 없다고 엄마는 말했다.

"그냥 야구만 할 수 있게 해주세요."

그는 아무 도움도 필요 없었다. 그저 입단 테스트만 볼 수 있게 도장을 찍어달라고 엄마에게 간청했다. 테스트도 보지 못한 채 꿈을 접어야 한다면 그는 너무 비참할 것 같았다. 처음이자 마지막 기회라는 생각에 그의 마음은 더욱 간절했다.

"엄마, 테스트만 볼게요."

"네가 야구를 하면 우리 가족이 모두 힘들어질 수 있어."

엄마의 그 말이 아니었다면 그는 도저히 야구를 포기하지 못했을 것이다.

가족. 그에게 가족보다 소중한 것은 없었다. 다른 사람들이 자신을 혼혈이라고 놀리고 괴롭힐 때 그에게 힘이 되어주었던 사람들은 가족뿐이었다. 엄마 품에 안겨 눈물을 흘렸고 어린 동생들의 재롱을 보며 잃었던 웃음을 찾을 수 있었다. 그에게 가족은 다른 사람들의 가족과는 조금 다른 의미였다. 가족은 그의 도피처였고 그의 유일한 쉼터였다. 야구선수라는 자신의 꿈을 위해 그가 발을 딛고 서 있는 현재를 통째로 흔들 수는 없었다.

슬프지 않았다면 거짓말일 것이었다.

왜 하필 야구인 걸까. 축구, 야구, 농구 중에서 야구가 가장 돈이 많이 들었다. 이 세상에서 야구선수보다 멋있는 직업은 없을 거라고 그는 단언할 수 있었다. 하지만 아빠, 엄마, 그리고 네 명의 동생들. 그들을 외면할 수는 없었다.

가족이란, 열세 살 그가 사는 세계의 전부를 의미했다.

다음해, 그는 결국 야구부가 없는 오산중학교로 진학했다.

꿈을 잃었다는 생각에 그는 방황하기 시작했다. 불과 몇 달 전만 해도 야구선수로 성공하고, 그래서 집안도 일으키고 부모님도 호강시켜 드릴 거라는 원대한 꿈이 있었다. 그런데 이제는 그 꿈이 모두 신기루처럼 사라져버린 것이었다. 이제 나는 무얼 하며 살아야 하는 것일까. 그는 고민하고 또 고민했다. 그렇다고 공부를 하긴 싫었다. 머릿속은 온통 이루지 못한 꿈 생각밖에는 없었다. 공부가 들어갈 자리 같은 건 남아 있지 않았다.

허전한 마음을 달래기 위해 그는 교내에 있는 아마추어 축구클럽에 들어갔다. 아침 여섯 시 삼십 분까지 학교에 가서 축구를 하고 여덟 시 수업에 들어가는 힘든 일정이었다. 하지만 그는 좋았다. 시원한 아침 공기를 가르며 운동장을 달리는 동안 잃어버린 꿈은 생각나지 않았다.

온몸의 세포들이 깨어나는 느낌. 운동을 하면서 그는 자신이 살아있음을 느꼈다.

하지만 그것도 잠시였다. 아침훈련을 마치고 교실에 들어가면 몸이 나른해지면서 잠이 쏟아졌다. 감기는 눈꺼풀을 겨우 버티며 수업을 듣는 것도 하루 이틀이었다. 초점 잃은 눈으로 칠판을 응시하는 것으로 수업시간을 하릴없이 흘려보냈다. 선생님 눈을 피해 몰래 잠을 청하기도 했다.

그는 늘 잠과 사투 중이었다. 깨어있을 때는 잠들지 않기 위해 노력했고 잠이 들었을 땐 일찍 일어나기 위해 애를 써야 했다. 사실 새벽에 일어나는 것도 쏟아지는 잠을 참는 것만큼 고역스러운 일이었다. 여섯 시 삼십 분까지 학교에 가려면 그보다 한 시간은 일찍 일어나야 했다. 새벽 다섯 시가 조금 넘은 시각의 하늘은 밤처럼 어두컴컴했다. 차라리 늦은 밤에 훈련하는 거라면 조금 덜 힘들었을지 모른다. 그는 여느 아이들처럼 아침잠이 많았고 이른 아침에 일어나는 것이 버거웠다. 하지만 학교 소속 FC축구팀이 밤늦게까지 축구 훈련을 해야 하기 때문에 그가 속한 아마추어 축구클럽에게 허락된 시간은 새벽뿐이었다.

점점 밝아지는 새벽녘의 하늘과는 반대로, 축구에 대한 그의 열정은 조금씩 사그라지기 시작했다. 하루 이틀 빠지다가 그 횟수가 점점 늘어났다. 나중에는 아침훈련에 나가지 않게 되었다.

축구를 그만두고 나서 그의 방황은 전보다 훨씬 더 심해졌다. 야구에 이어 축구까지. 아무것도 할 수 없을 거라는 짙은 패배감이 그를 무겁게 짓누르고 있었다. 꿈은 아무나 가질 수 있는 게 아니라는 생각 때문이었다.

중학교를 졸업하고 공업고등학교에 진학하겠다고 진로를 정했을 무렵, 그의 무력감은 극에 달했다. 되고 싶은 것도 없었고 하고 싶은 일도 없었다. 대학에 입학해서 특별히 배우고 싶은 공부가 있는 것도 아니었다. 그렇다고 그냥 놀 수는 없었다. 오랜 고민 끝에 그는 기술을 배워 회사에 일찍 들어가기로 마음을 굳혔다.

남들보다 일찍 사회에 나가기로 정했지만 미래에 대한 열의도 삶에 대한 의지도 생기지 않았다. 오히려 마음이 더 헛헛했다.

"어차피 평범하게 살 건데……."

매달 월급날을 기다리며 평범하게 사는 자신의 모습이 눈앞에 그려졌다. 아무리 생각해도 그런 세상은 너무 재미가 없을 것 같았다. 그는 자기 앞에 펼쳐진 미래가 너무나 평범할 거란 생각 때문에 아무런 의욕이 생기지 않았다. 십대 소년에게 '평범'이란 단어는 무료함과 동의어였다. 더 이상 꿈을 가질 필요도 없고 그 꿈을 위해 열정을 갖고 노력할 필요도 없는 삶. 그런 삶이 자기를 기다리고 있는 것만 같아 그는 하루하루가 지겹고 따분했다.

학교 수업에도 그는 완전히 흥미를 잃었다. 공고에 가서 기술을 배울 건데 공부가 무슨 소용이 있나 싶었다. 대학입시를 목표로 공부하는 다른 학생들에게는 당연히 학교 공부가 중요했다. 하지만 자신은 기술을 배워 바로 취직을 할 예정이었다. 영어단어를 열심히 외울 필요도 없었고 복잡한 수학

문제를 열심히 풀 필요도 없었다. 그는 공부가 너무 싫었다.

공부는커녕 아침에 일어나 학교에 가는 것조차 귀찮게 느껴졌다. 몸과 마음이 모두 축 쳐져서 아무것도 하고 싶지 않았다. 내 미래는 이미 정해져 있으니까, 그는 그렇게 생각했다.

소위 '중2병'이라고 말하는 그것이 그에게도 찾아왔다.

아예 학교에 가지 않는 날들이 점점 늘어나기 시작했다. 게임을 하다가 새벽 3시에 잠이 들었고 일어나보면 정오가 훌쩍 지나 있었다. 밤낮이 엉망으로 뒤바뀐 삶이었다.

늦게 일어나 학교에 갈 준비를 하다보면 오후 2시가 넘었다. 버스를 타고 힘들게 학교에 가봐야 한두 시간 정도 앉아 있다가 다시 집으로 돌아와야 할 것이었다.

'학교가기엔 너무 애매한 시간 아닌가. 더욱이 대학에 진학하고자 하는 다른 친구들과 달리, 내가 학교에 가서 공부하는 게 무슨 의미가 있을까.'

그는 자기 안에서 학교에 가지 않아도 되는 이유들을 쉽게 찾아냈다. 꿈을 포기한다는 것은 삶에 대한 열정을 송두리째 잃어버리는 일이었다.

내일이 오늘 같고 오늘이 어제 같았다. 그렇게 그는 점점 학교와 멀어졌다.

2015년 겨울, 그는 중학교 3학년 진학을 앞두고 있었다. 흘러가는 강물처럼 2년이란 세월을 의미 없이 흘려보낸 그에게 갑자기 위기감이 몰려왔다. 시험성적은 겨우 전교 꼴찌를 면하는 정도였다. 그의 뒤에 한 명 더 있었는데 한국에 온 지 네 달 된 캄보디아인이었다. 한국어가 서툴러 시험문제를 읽는 것조차 버거운 아이였다.

'진짜 이러다가 내 인생이 이렇게 끝나는 건 아닌가.'

그는 겁이 덜컥 났다.

'내가 왜 이렇게 살고 있지?'

스스로 질문을 던져봤지만 돌아오는 건 깊은 한숨뿐이었다. 친구들과 어울려 놀면서도 이렇게 살다간 미래에 후회할 거라는 생각으로 머릿속이 복잡했다. 뭐라도 해야 하는 건 아닌가. 그는 자기 자신에게 다그쳤다. 이렇게 아무 의미도 없는 삶을 살고 싶지는 않았다. 무엇이든 내가 좋아하는 걸 찾아야겠다고 그는 생각했다. 한 번 꿈을 포기했던 경험이 있었던 덕분일까. 다시 그 꿈을 찾겠다는 열정이 그 어느 때보다 강렬하고 뜨거웠다. 다시는 꿈을 잃고 방황했던 그 시절로 돌아가고 싶지 않았다.

7.
모델이 되고 싶어요

처음엔 별 생각이 없었다.

멋진 옷을 입으면 뭔가 세련돼 보이는 자신의 모습이 그저 좋았다.

사춘기 십대 소년에게 옷이라는 건 단순히 외부로부터 몸을 보호하는 기능적 수단을 의미하지 않았다. 패션은 '멋'이었고 또 '스타일'이었다. 막연하게 그는 모델이 된다면 멋있겠다는 생각을 가슴에 품게 되었다. 멋진 옷을 많이 입어볼 수 있을 것 같았다.

엄마와 함께 쓰는 그의 옷장에는 엄마의 옷들로 가득 차 있었다. 그가 차지한 건 달랑 옷걸이 두 개뿐이었다. 함께 쓴다는 말이 무색할 정도로 그의 옷은 거의 없었다. 옷 구경하는 걸 즐겼지만 마음에 드는 옷을 살 수는 없었다. 그의 아래로 동생이 자그마치 네 명이었다. 한 사람이 옷을 한 벌씩 산다고 해도 한 번에 다섯 벌이었다. 마음 편히 옷 한 벌 살 수 없는 형편이라는 걸 누구보다 장남인 그가 제일 잘 알았다. 콜센터에서 일하는 엄마에게 부담을 드릴 순 없었다. 나중에 돈을 많이 벌면 꼭 자신의 옷으로 옷장을 가득 채우겠다고 그는 결심했다. 하지만 그건 아주 먼 훗날의 일일 것 같았다.

그러던 어느 날, 친구로부터 한 선배의 이야기를 전해 듣게 되었다. 그가 속해 있던 아마추어 축구팀 주장이 대형 모델 에이전시에 들어갔다는 것이었다. 축구팀 주장이라면 그가 잘 아는 학교 선배였다. 한때 그와 함께 새벽 공기를 마시며 운동장을 누비던 팀 동료이자 강력한 리더십으로 팀원들을 이끌던 축구팀 에이스. 그가 다니는 오산중학교는 FC서울 유소년 축구팀이 있는 축구명문이었다. 아마추어 축구팀일지라도 주장이 되려면 실력이 출중해야 했다.

축구팀 주장이란 타이틀만으로도 충분히 멋졌던 그 선배는 키가 크고 얼굴이 작아 한눈에 봐도 모델처럼 비율이 좋았다. 게다가 얼굴도 잘 생겨서 무슨 옷을 입어도 잘 어울렸다. 중학교에 입학해 축구팀에서 활동할 때부터 그 선배는 그의 마음속에 작은 영웅으로 자리 잡고 있었다. 와일드팬츠를 입고 성큼성큼 걷던 선배의 모습이 아직도 눈에 선했다. 또래친구들의 조악한 옷차림과는 비교할 수 없을 정도로 하이패션이었다.

그의 눈에는 그렇게 보였다.

선배에 대한 그의 감정은 부러움보단 동경에 가까웠다. 그 선배처럼 옷을 잘 입고 싶었고 그 선배처럼 멋진 사람이 되고 싶었다.

"너 그냥 커서 모델해라."

그의 머릿속에 불현듯 엄마의 말이 떠올랐다. 또래보다 키가 크고 몸이 마른 편인 그를 보고 엄마는 어릴 때부터 종종 '모델하면 되겠네'라고 말씀하시곤 했다. 다른 친구 엄마들은 의사나 변호사가 되길 원한다는데 그의 엄마는 달랐다. 달라도 아주 많이 달랐다.

"굳이 공부 안 해도 돼. 다 먹고 살 수 있어."

옷에 관심을 갖게 되면서부터 엄마의 그 말이 가벼운 농담처럼 들리지 않았다. 공부가 싫었지만 기술을 배워 취직하는 것은 더 싫었다. 평범한 삶을 산다는 것은 평범한 사람이 되

는 것을 의미했다. 평범함이라는 건 꿈 많은 십대 소년에게
참을 수 없을 만큼 모욕적인 단어로 여겨졌다.

모델이 되었다는 그 사람은 불과 얼마 전까지 그와 함께 운
동장에서 뒹굴며 땀을 흘리던 두 살 터울의 학교 선배였다.
그랬던 사람이 모델 에이전시에 들어가 모델 활동을 한다는
소식을 듣고 나자 그의 마음속에 다시금 열정의 불길이 타오
르기 시작했다. 비록 공부는 못 하지만 다른 건 잘 할 자신이
있었다. 사실 성적이 나쁜 것은 공부에 적성이 맞지 않기 때
문이었다. 안 될 것 같으면 과감히 손을 털고 관심을 끊어버
리는 자신의 성격 때문에 그리 된 것이었다. 하지만 이번 모
델 건은 달랐다. 평소 그는 옷에 관심이 많았다. 추운 겨울에
전단지 아르바이트를 했던 것도 옷을 많이 사고 싶어서였다.
친구들과 놀면서도 게임만 한 것이 아니라 홍대와 가로수 길
을 돌아다니며 아이쇼핑을 하곤 했다. 무엇보다 그는 몸을
움직이는 것에는 자신 있었다. 야구도 그랬고 축구도 그랬
다. 몸을 움직일 때 그는 즐거웠고 자신이 살아있음을 느낄
수 있었다.

부모님께는 따로 말씀드리지 않았다. 화려한 무대에 현혹
되어 헛바람이 든 것이라고 생각하실 것 같았다. 같이 어울

려 다니는 친구들에게도 말하지 않았다. 괜히 주변에 소문만 나서 겉멋 든 아이로 인식되고 싶지 않았다. 이번에는 열심히 하고 싶었다. 이게 아니면 정말 아무것도 안 된다는 마음가짐으로 열심히 하고 싶었다.

　그렇게 그는 모델의 꿈을 키우게 되었다.

　하지만 그의 굳은 결심에도 불구하고 모델이 되는 것은 쉽지 않았다.

　또 돈이 문제였다.

　야구선수가 되려고 할 때도 그랬지만 모델 활동을 하는 데도 돈이 필요했다. 모델이 되고 싶어 기획사를 알아봤지만 전부 모델 아카데미에 등록을 먼저 하라는 말뿐이었다. 모델 워킹을 비롯해 여러 가지 교육을 받아야 한다는 것이었다. 당연한 일인지도 모른다. 야구선수가 되기 위해 전문적인 훈련이 필요한 것처럼 프로 모델이 되기 위해선 체계적인 교육을 받아야 하는 것이었다.

　아르바이트를 해서 아카데미 비용을 스스로 벌 생각이었다. 인터넷으로 구인난을 뒤져보기도 하고 길을 걷다가 여러 가게를 들어가기도 했다. 하지만 번번이 실패했다. 그는 아직 중학교 2학년이었다. 돈을 벌기에는 너무 어린 나이였다.

'부모님께 말씀드려서 도움을 청해볼까.'

그는 잠시 흔들렸다. 하지만 이내 마음을 다잡았다. 한 달에 수십만 원인 모델 아카데미 비용은 부모님께 큰 부담이 될 것이었다.

어떻게 해서든 스스로 해결방법을 찾아야 했다.

그는 자기가 가진 것에 대해 곰곰이 생각해보았다. 그러자 묵념하듯 고개가 저절로 숙여졌다. 그는 아무것도 가진 게 없었다. 말 그대로 빈손이었다.

그때 그의 눈에 낡고 오래된 휴대폰이 보였다.

그의 것이었다.

김원중, 박성진, 남주혁……

휴대폰 속 유튜브에 이름 세 글자만 입력하면 소위 잘 나가는 스타 모델들의 패션쇼 동영상이 쏟아져 나왔다. 모델이 되고자 결심한 날부터 그의 마음속에 늘 품어왔던 '별'들이었다.

모델이란 어떤 사람들인지, 워킹이란 무엇인지, 그에게 가르침을 줄 선생님들은 유튜브에 많았다. 그보다 앞서 모델 활동을 하고 있는 수십 수백 명의 선배모델들이 모두 그의 선생님들이었다. 모델 아카데미에 등록하지 않아도 그는 모델에 관한 모든 것을 배울 수 있었다. 패션위크 오디션을 보는 영상부터 런웨이를 걷는 영상까지. 그들의 동작 하나하나를 세심하게 관찰하고 그대로 머릿속에 담았다. 그러고 나서 그는 혼자 연습했다.

유튜브보다 좋은 모델 아카데미는 세상에 없었다. 한국 모델뿐 아니라 세계적으로 유명한 모델들까지 그에게 좋은 선생님이 되어주었다. 비싼 비용을 지불하고 외국에 가지 않아도 외국 유명한 브랜드 쇼를 공짜로 볼 수 있었다.

그렇게 그는 유튜브를 보고 독학하기 시작했다. 모델 아카데미에 다닐 돈이 없기 때문이었다. 하지만 그는 창피하지 않았다. 한 번도 만나본 적 없는 미래의 경쟁자들을 상상하며 주눅 들지도 않았다. 그의 마음속엔 원대한 꿈이 무럭무럭 자라나고 있는 중이었다. 꿈이 있는 한 그는 결코 가난하지 않았다. 언젠간 동영상 속 저 무대에 서 있을 자신의 모습을 상상하며 그는 열심히 연습하고 또 연습했다.

8.
한 걸음 앞으로

하늘이 유난히 파란 날이었다.

그날 그는 피시방에 들러 친구들과 게임을 하고 있었다. 피시방 매니저가 다가와 그런 그의 어깨를 가볍게 툭 쳤다. 잠깐 이야기할 게 있다는 것이었다. 평소에 자주 가던 피시방이었고 그래서 매니저 형과도 꽤 친분이 있었다.

"너 모델 한번 해볼래?"

그는 자신의 귀를 의심했다. 모델이라니.

"사촌형이 너한테 옷 한번 입혀보고 싶다는데……"

매니저의 사촌형이라면 그도 잘 알았다. 피시방을 드나들며 여러 번 본 적이 있었다. 매니저 형 소개로 인사를 나누기도 했었다. 아마 그때 그를 눈여겨본 모양이었다. 튀는 외모 덕분도 있었겠지만 무엇보다 그는 또래아이들보다 키가 월등히 컸다. 중학교 2학년인 그의 키가 185cm였다. 게다가 몸무게가 74kg밖에 나가지 않은 마른 몸이라서 키가 더 커 보였다.

"어때? 해볼래?"

매니저의 사촌형은 브랜드를 운영하고 있었다. 재미삼아 그는 언젠가 브랜드 블로그에 들어가 옷과 액세서리를 구경한 적이 있었다.

"촬영 한번 해볼래?"

매니저 형이 다시 물었을 때 그의 답은 이미 정해져 있었다.

"그럼요!"

2015년 8월 10일.

'모델' 한현민의 첫 촬영이었다.

처음으로 포즈를 취하고 처음으로 카메라 앞에 섰다. 스튜디오는 작았지만 그에게는 광활한 우주처럼 거대하고 대단하게 느껴졌다. 모든 것이 처음이었고 그래서 더욱 소중했다. 평생 이 날짜를 잊지 못할 것이었다.

룩북(Lookbook) 브랜드 촬영은 다섯 시간 넘도록 계속 되었다. 책상에 앉아 다섯 시간 동안 공부를 하라고 했으면 절대 하지 못했을 것이다. 하지만 그 긴 시간 동안 촬영하는 것이 그는 전혀 힘들지 않았다.

유튜브를 보고 혼자 연습했던 동작들을 카메라 앞에서 하려니 처음에는 조금 어색했다. 하지만 얼마 지나지 않아 그는 자연스럽게 포즈를 취할 수 있었다. 리듬에 맞춰 춤을 추듯 카메라 셔터 누르는 소리를 들으면 몸이 저절로 다양한 포즈를 선보이고 있었다. 과연 내가 잘 하고 있는 건가, 하고 걱정되기도 했다. 하지만 오히려 그런 긴장감이 스릴 있고 재미있었다.

촬영이 끝나고 집에 돌아가면서도 그의 머릿속엔 또 하고 싶다는 생각뿐이었다. 너무 촬영이 일찍 끝난 건 아닌가, 하고 아쉬운 마음이 들었다. 더 하고 싶었다.

새 학기가 시작되면서 그는 학교에서 체험학습을 가게 되었다.

그곳 관계자 중엔 사진작가도 포함되어 있었다.

"넌 꿈이 뭐니?"

사진작가가 그에게 다가와 물었다. 아마도 그의 독특한 외모가 시선을 끌었을 것이다. 또래 아이들보다 한 뼘 더 큰 키, 그리고 검은 피부.

"모델이 되고 싶습니다."

처음 본 사람 앞에서 모델이란 자신의 꿈을 이야기한 적은 처음이었다. 하지만 그는 쑥스럽거나 두렵지 않았다. 여름에 했던 룩북 촬영이 계기가 되어 조금 더 적극적으로 모델 활동을 준비하고 있었다.

"그러면 너 패션위크는 가봤니?"

사진작가의 물음에 그는 순간 멈칫했다. 패션위크라면 유튜브를 통해 수백 번도 더 보았다. 학교 가는 길에 버스에서도 보고 화장실에서도 보고 틈이 날 때마다 보고 또 보았다. 어떤 동영상은 눈을 감고 머릿속에서 혼자 재생할 수 있을 정도로 반복해서 보기도 했다. 하지만 직접 가서 본 적은 없었다.

"아니요. 하지만 동영상으로는……."

"한번 가봐."

사진작가가 건넨 한 마디 말이 그에게 큰 울림으로 다가왔다. 왜 직접 가볼 생각을 하지 못 했을까. 서울 패션위크는 매년 두 번씩 한국에서 열리는 가장 큰 패션쇼인데…….

"좋은 경험이 될 거야."

체험학습이 끝나자마자 그는 동대문디자인플라자(DDP)로 향했다. 사진작가가 말한 대로 패션에 관심 있는 사람들은 모두 여기에 모여 있는 것 같았다. 스타일리쉬하게 입은 사람들과 그런 패션피플을 카메라로 찍는 사람들. 거기에 모인 사람들은 모두 모델이었고 모두 포토그래퍼였다. 그의 눈에는 그렇게 보였다. 발 디딜 틈이 없을 정도로 동대문디자인플라자 앞은 북적였다.

흘러나오는 노래는 없었지만 그의 귓가에는 멜로디가 들리는 것 같았다. 흥겨운 축제처럼 거기에 모인 사람들은 그들만의 리듬을 즐기고 있었다. 즐겁고 유쾌하고 세련된 분위기. 그가 꿈꾸던 바로 그 무대가 눈앞에 펼쳐져 있었다. 여기 이곳에 있다는 것이 꿈 같았다. 이 자리에 있는 것만으로도 모델이 된 것 같은 기분에 그는 사로잡혔다.

처음에는 분명 즐겁고 유쾌했다. 그런데 조금씩 어깨가 축 쳐지면서 마음이 차분히 가라앉았다. 변한 것은 없었다. 여전히 사람들은 즐겁고 분위기는 흥겨웠다. 달라진 것이 있다면 한현민 자신뿐이었다.

동대문디자인플라자에 가야겠다고 마음을 먹었을 때 그는 조금 거만한 생각을 가지고 있었다.

'거기서도 내가 좀 튀겠지?'

185cm의 큰 키와 검은 피부. 어디를 가나 늘 특이한 외양 덕분에 사람들의 시선을 독차지하는 그였다. 게다가 룩북 촬영을 하고 난 뒤 그는 조금 자신감이 생기기도 했다. 정식으로 패션쇼 무대에 선 것은 아니지만 모델로서 룩북 촬영을 했으니 일반 사람들과는 조금 다르지 않을까 생각했다. 그래서 동대문디자인플라자에 가면 사람들의 시선이 자신에게 쏠릴 거라고 기대했던 것이다.

하지만 그건 그만의 착각이었다.

동대문디자인플라자에 모인 사람들 중 단 한 명도 그에게 관심을 보이지 않았다.

"저, 사진 찍어주시겠어요?"

"사진 찍어도 될까요?"

"사진 좀 찍으실래요?"

여기저기에서 이런 말들이 들려왔지만 그에게 건넨 말은 아니었다.

사진 찍고 사진 찍히는 사람들로 가득한 그곳에서 그는 혼자 가만히 서 있었다. 그제야 그는 자기 자신에게 집중할 수 있었다. 축제 기분에 들떠 흥분된 마음이 가라앉으면서 객관적으로 자신을 바라볼 수 있게 된 것이었다.

낡은 후드 티와 찢어진 청바지. 지금 그가 입고 있는 건 평소에 입고 다니는 평범한 옷이었다. 친구들과 피시방에서 게임을 하거나 축구를 할 때도 동일한 옷차림이었다.

천천히 주변을 둘러보았다. 모두 패션모델처럼 옷을 스타일 좋게 차려입고 있었다. 누구 하나 평상시 옷차림으로 편하게 온 것처럼 보이는 사람은 없었다. 한껏 멋을 내고 그것으로 자신의 개성을 마음껏 발산하고 있었다.

'키가 크다고 모델이 되는 건 아니구나.'

그날 그가 느낀 감정은 부끄러움이었다. 단순히 키가 크다는 이유로 모델이 될 수 있을 거라고 생각했던 지난날의 자신이 철없이 느껴졌다. 동대문디자인플라자에 모인 사람들은 모두 키가 컸다. 큰 키는 모델로서 당연한 것이었다. 모델이 되기 위해선 그 이상의 무엇이 더 필요했다.

'3년 안에 이 패션위크에서 데뷔하겠어.'

아직 갈 길이 멀었다. 그는 다시금 마음을 다잡았다.

9.
사기, 사기, 그리고 몇 장의 사진

패션위크에서의 긴 여운이 아직 가시지 않았을 무렵이었다. 그의 페이스북 계정으로 한 통의 연락이 왔다. 유독 바람이 차갑다고 느낀 11월의 어느 날이었다.

'저희 오늘 외국인 모델 2명하고 촬영하는데 재미 삼아 한 번 와주실 수 있나요?'

'재미 삼아'라고 적혀 있긴 했지만 그건 분명 섭외 메일이었다. 그가 페이스북에 올린 사진들이 마음에 든 모양이었다. '외국인 모델'이 필요하다고 콕 집어 말한 걸 보면 자신의 독특한 외모가 큰 역할을 했을 거라고 그는 생각했다. 그는 아무것도 묻지 않았다. 어떤 일이든 자신을 모델로 불러

준 곳이라면 달려갈 자세가 되어 있었다. 그는 설레는 마음으로 흔쾌히 가겠노라고 답장을 보냈다.

스튜디오에는 이미 외국인 모델 두 명이 와 있었다. 그들에게 가볍게 목례를 건네고 나서 그는 주변을 쓱 둘러보았다. 몇 달 전에 룩북 촬영을 해본 덕분인지 촬영장이 낯설게 느껴지지 않았다.

촬영은 바로 시작되었다.

촬영이 어떻게 진행되고 무엇을 찍을 것인지 설명해주는 사람은 없었다. 옆에 있는 다른 모델들 역시 아무것도 모르는 눈치였다.

카메라 앞에 서고 나서야 그는 지금 자신이 온라인 쇼핑몰에 올릴 사진을 찍게 될 거라는 것을 알게 되었다. 그에게 섭외 메일을 보냈다는 쇼핑몰 대표는 아무 말도 하지 않았다. 그저 카메라 앞에서 포즈를 취하고 있는 모델들을 유심히 지켜보고 있을 뿐이었다.

카메라 셔터 누르는 소리에 맞춰 그는 계속 포즈를 취했다. 그리고 중간 중간 옷을 수시로 갈아입었다.

촬영은 이틀 동안 계속되었고 매일 열 시간씩 총 스무 시간을 그는 꼬박 일했다.

힘든 일정이었지만 무언가 해냈다는 생각에 그는 만족스러웠다.

성취감이란 게 이렇게 뜨거운 열기로 충만한 것이라는 걸 그는 처음으로 깨달았다. 조금씩 자신의 꿈에 가까이 다가가는 것 같아 그는 뿌듯했다.

촬영이 다 끝나고 스튜디오의 조명이 꺼졌다. 그는 쇼핑몰 대표에게 조심스레 물었다.

"페이는……."

촬영이 다 끝날 때까지 대표는 페이에 대해 아무런 설명도 하지 않았다. 큰돈을 바란 것은 아니었지만 그래도 노동에 대한 정당한 대가는 있어야 한다고 그는 생각했다. 그의 질문을 듣고 쇼핑몰 대표는 너무나 당연한 걸 묻는다는 듯 당당하게 대답했다.

"옷이 팔려야 페이를 주지."

그 말의 의미를 이해하지 못하고 그가 고개를 갸우뚱하자 쇼핑몰 대표는 목소리 톤을 조금 높여 다시 말했다.

"옷 팔린 만큼 줄게."

판매 금액의 몇 퍼센트를 떼서 주겠다고 대표가 이야기했지만 그는 정확한 숫자를 기억하지 못했다. 중학교 2학년인 그에게 인센티브 제도는 너무 추상적이었고 그보다는 '나중에 주겠다'라는 말이 더욱 현실감 있었다. 그리고 그는 쇼핑몰 대표를 믿었다. 아니, 그를 의심해야 한다는 생각을 하지 못했다. 그는 열다섯 살이었다.

그는 꾹 참고 기다렸다.

하지만 쇼핑몰 대표는 어느 날부터인가 연락이 되지 않았다.

모델이란 그의 꿈을 미끼로 그를 속인 것이었다.

피해자는 많았다. 그때 당시 함께 촬영했던 외국인 피팅모델들도 페이를 받지 못했다고 했다. 경찰서에 신고하고 소송을 하자는 움직임이 사기 피해자들 사이에서 불길처럼 번졌다. 하지만 얼마 가지 않아 조용히 사그라졌다. 그들이 돌려받기 원한 건 돈이 아니라 그들의 꿈이었다.

사기 사건은 그렇게 일단락이 나는 듯했지만 그의 마음속엔 깊은 상처가 남았다.

처음이라는 건 늘 기억에 오래 남는 법이었다. 그는 많이 놀랐다. 그저 놀랐다고 하기엔 그 충격이 상당히 컸다. 사기를 당할 만큼 자신이 어리숙하다고는 생각해본 적 없었다. 그런데 이렇게 보기 좋게 사기를 당한 것이었다. 자신을 속인 쇼핑몰 대표에 대한 원망도 컸지만 자신에 대한 실망도 그만큼 컸다. 그 온라인 쇼핑몰은 여전히 판매를 계속하고 있었다. 그럼에도 그가 할 수 있는 일은 하나도 없었다.

그렇게 하루가 지나고 또 다른 하루가 지나갔다.

그러던 어느 날, 그는 마음을 굳게 먹고 그 온라인 쇼핑몰에 접속했다. 옷을 입고 멋지게 포즈를 취하고 있는 자신의 모습이 그의 눈에 들어왔다. 촬영현장에서 느꼈던 열기와 흥분이 그대로 느껴지는 것 같았다. 머릿속에서는 어느새 그때 그 스튜디오의 풍경이 재현되고 있었다. 여러 번 옷을 갈아입으면서도 그는 힘들지 않았다. 카메라 앞에서 자세를 수시로 바꿔가면서도 그는 짜증나지 않았다. 오히려 즐겁고 행복했다. 촬영이 끝나고 나서 밀려오던 긴 여운. 그건 '또 하고 싶다'라는 간절함이고 아쉬움이었다. 쇼핑몰에 올라와 있는 자신의 사진을 보며 그는 스스로 마음을 다독였다.

'그냥 작업 한번 신나게 한 거야.'

'재미나게 작업했다고 생각하면 그만이야.'

그날 이후 그는 그 일을 잊어버렸다. 그 쇼핑몰에 접속하는 일도 다시는 없었다.

이듬해 1월, 그에게 페이스북을 통해 한 통의 메일이 또 도

착했다.

　이번에는 촬영이 아니었다. 오디션 참가를 제안하는 내용이었다.

　메일에는 현재 진행 중인 한 오디션에 대해 자세히 적혀 있었다. '우승하게 되면 '밀라노 모델 오디션'에 참여할 기회를 제공합니다.' 이 문구가 그의 시선을 강하게 잡아끌었다.

　밀라노 오디션이라니!

　밀라노 패션위크는 뉴욕 패션위크, 런던 패션위크, 파리 패션위크와 함께 세계 4대 패션위크로 유명했다. 이 오디션에 참여한다는 것 자체만으로도 밀라노 패션위크로의 진출이 한 걸음 가까워지는 것이었다. 메일을 읽고 그는 흥분을 감출 수 없었다. 매일 유튜브로만 보던 밀라노 패션위크를 직접 눈으로 볼 수 있게 될지 모른다는 기대감이 그를 들뜨게 했다. 더욱이 그 무대에 자신이 직접 서게 될지도 모른다니. 그는 이 모든 것이 꿈만 같았다. 어쩌면 한국보다 외국에서 먼저 데뷔하게 될지도 모르는 일이었다.

　"캐스팅 관계자들이 한현민 씨를 좋게 보고 있습니다."

　메일에는 분명 이렇게 적혀 있었다. 그의 사진을 보고 모델로서 그의 재능과 가능성을 알아본 사람들이 있다는 것이었다. 그의 이국적인 외모가 한국보다는 다른 나라에서 더욱 매력적으로 여겨질 수도 있는 일이었다. 이번 메일은 분명 지난번 온라인 쇼핑몰 때와는 달랐다. '밀라노 모델 오디션'이었다. 지난번이 한국의 작은 온라인 쇼핑몰이었다면 이번 메일 건은 세계적인 패션위크였다. 스케일이 달라도 한참 달랐다.

지금 당장이라도 그는 그 오디션을 보고 싶었다. 비록 모델 아카데미에서 정식으로 교육받은 것은 아니지만 그는 자신 있었다. 유튜브 속 런웨이는 이제 그에게 너무 작게 느껴졌다. 낡은 핸드폰에서 벗어나 이제는 세계로 나가고 싶었다.

30만원.

오디션을 보기 위해서는 30만원이 필요하다고 했다. 그가 조금 망설이는 기색을 보이자 그에게 메일을 보낸 오디션 관계자는 그를 타이르듯 말했다.

"비싼 거 아니에요. 프로필 촬영만 하면 해외 오디션을 볼 수 있는 건데."

곰곰이 생각해보니 그 말에도 일리가 있었다. 30만원에 해외 패션위크 오디션 기회를 얻을 수 있다면 그건 비싼 게 아니라 오히려 저렴한 것이었다. 밀라노행 비행기 티켓만 해도 백만 원이 넘었다. 평소에 조금씩 모아둔 용돈을 탈탈 털어서 그는 오디션 비용을 지불했다. 하나도 아깝지 않았다. 길게 뻗은 런웨이처럼 자신 앞에 밝은 미래가 펼쳐질 것이라고 그는 믿었다.

스튜디오는 황량했다.

사실 스튜디오라고 부르긴 했지만 그곳은 창고였다.

촬영을 꼭 스튜디오에서만 하라는 법은 없었다. 패션화보를 보면 모델이 갯벌에서 진흙 범벅이 되기도 하고 그로데스크한 분위기의 폐차장에서 와이어에 매달린 채 찍기도 했다. 혹시 이것도 사기가 아닐까, 라는 머릿속에서 꿈틀거렸던 의심을 그는 깨끗이 지워버렸다.

"자, 이걸 입고 오세요."

그가 건네받은 건 팬티였다. 조금 이상하다는 느낌을 받긴 했지만 그는 아무것도 묻지 않았다. 프로 모델이라면 의상이 무엇이든 그것을 멋지게 소화해낼 수 있어야 한다고 생각했다. 설사 그것이 얇은 속옷일지라도 말이다. 그는 유튜브 동영상 속 모델들을 떠올렸다. 얇은 망사로 된 옷을 입어 살이 훤히 비치는데도 당당하게 런웨이를 걷던 모습이 머릿속에 선명하게 그려졌다. 그는 입고 갔던 옷을 모두 벗고 조금 전 건네받은 팬티로 갈아입었다.

베르사체.

팬티에는 브랜드 명이 크게 적혀 있었다.

카메라 앞에서 그는 이제까지 혼자 연습해온 포즈들을 차례대로 취했다. 자세를 잡고 있는 중에도 그 다음에 할 자세를 고민하고 또 고민했다. 자신이 입고 있는 속옷이 가장 돋보일 수 있는 포즈를 취해야 했다. 그것이 진정한 모델로서의 태도라고 생각했다. 하지만 온몸에 소름이 돋는 것만큼은 그도 어쩔 수 없었다. 밀라노 패션위크에 대한 그의 뜨거운 열정도 한겨울의 추운 날씨 앞에서는 무력했다. 난방이 되지 않는 허름한 창고에서 한겨울에 맨몸으로 찬바람을 맞아가며 촬영하는 것은 너무나 힘든 일이었다. 입에서는 연신 하얀 김이 뿜어져 나오고 있었다.

창고에는 그를 포함해 총 4명의 모델들이 있었다.

그리고 팬티는 디자인별로 한 벌씩 있었다.

네 명의 모델이 하나의 팬티를 돌려 입으면서 차례대로 촬영에 들어갔다. 오늘 처음 본 사람들과 속옷을 공유한다는 게 어색하기도 하고 께름칙하기도 했지만 어쩔 수 없었다.

80

오늘 찍은 프로필 사진 몇 장으로 오디션 캐스팅 여부가 결정될 것이었다. 다른 모델들도 그와 같은 생각인지 모두들 열성을 다해 추위를 이겨가며 포즈를 취하고 있었다.

촬영이 끝나고 며칠 지나지 않아 그는 이것 역시 사기였다는 것을 깨닫게 되었다. 오디션 관계자와 연락이 되지 않았다. 이미 프로필 촬영비로 30만원을 지불하고 난 뒤였다.

그에게 남은 것은 사진 몇 장뿐이었다.

'두 번씩이나 사기를 당하다니.'

사기당한 것을 처음엔 주변 사람들한테 숨겼다. 하지만 두 번이나 이런 일을 당하고 나니 혼자 견디기 힘들 정도로 마음이 무겁게 가라앉았다. 주변 사람들한테 속 시원히 털어놓고 싶었다. 무언가 좀 말하고 나면 힘들고 서러웠던 감정이 조금 나아질 것 같았다. 혼자 이 모든 걸 감당한다는 게 너무나 버거웠다.

'스스로 나의 길을 개척하려 했는데⋯⋯.'

모델이 되겠다는 굳은 결심이 조금씩 무너져 내리고 있었다. 그는 아직 중학생이었다. 주변 사람들의 따뜻한 격려가 절실했다. 하지만 그들에게 사기당한 일을 말해봤자 그들로부터 돌아오는 말이 곱지 않을 게 분명했다. 부모님이라면 당장 그만두라고 꾸짖을 것이었고 친구들은 그를 헛바람 든 철없는 애 취급하며 그의 꿈을 우습게 볼 것이었다.

열심히 노력하면 앞으로 나아갈 수 있을 거라고 그는 믿었다.

하지만 그게 아닐 수도 있다는 생각이 들기 시작했다. 스스로에 대한 신뢰에 균열이 생긴 것이었다. 그는 이제까지 자신이 노력을 하지 않아서 공부를 못한 것이라고 생각했다. 그런데 어쩌면 노력을 해도 공부를 못했을지 모른다는 생각이 들었다. 노력을 한다고 해서 꼭 무언가를 성취하고 행복해질 수 있는 건 아닌지도 모른다고.

그럼에도 불구하고 그는 꿈을 포기할 수 없었다.

이번에 또 포기하면 도저히 내일 떠오를 새로운 해를 바라볼 자신이 없었다. 다시는 예전의 삶으로 돌아가고 싶지 않았다. 꿈이 없어 희망이 없었던, 그래서 삶의 모든 것이 무의미하게 느껴졌던 그때의 자신으로 돌아가고 싶지 않았다.

모델은 그의 꿈인 동시에 그의 삶 그 자체였다.

꿈 없는 삶은 죽음과 다르지 않았다.

10.
기적은 SNS를 타고

두 번의 사기를 당하고 남은 건 사진뿐이었다.

페이스북과 인스타그램에 그동안 찍었던 사진들을 모두 올렸다.

아무런 기대도 없었다.

사기 당해서 찍었든 내 돈을 내고 찍었든 그 사진들은 그를 찍은 것이었다.

그러니까 그의 것이었다.

앨범에 고이 저장하듯 그는 사진들을 자신의 소셜미디어에 올렸다.

그렇게 두 달이 흘렀다.

2016년 3월.

중학교 3학년이 된 그는 아무 생각 없이 인스타그램에 들어갔다가 깜짝 놀랐다.

한 통의 메시지가 있었다.

에스에프 모델스(SF Models).

인스타그램에 올린 그의 사진을 보고 모델 기획사 대표가 연락을 해온 것이었다.

순간적으로 이것도 사기가 아닐까, 하는 생각이 들었다. 하지만 그냥 넘겨버리기에는 혹시나 하는 마음이 들었다. 조금만 이상하다는 느낌이 들면 그만둘 생각이었다.

메시지에 적혀 있는 전화번호로 연락을 하자 한 남자가 전화를 받았다.

"만날까요?"

남자의 목소리는 젊고 또랑또랑 울렸다.

3월이었지만 하늘은 여전히 창백했고 찬바람이 불었다. 그는 패딩점퍼에 청바지를 입고 약속장소에 나갔다. 평소에 자주 입고 다니던 것들이었다. 딱히 입고 갈 옷도 없었지만 혹시 사기일지도 모른다는 생각에 괜찮은 옷으로 챙겨 입지 않았다. 남자는 인스타그램에 있는 그의 사진을 모두 보았다고 했다. 모델로서 그를 평가하고자 한다면 그걸로 충분할 것이었다.

쇼윈도에 비친 그의 모습은 검은 피부색만 빼면 길에서 흔히 볼 수 있는 평범한 중학교 3학년 남자아이의 그것이었다. 그나마 빡빡 깎은 머리가 조금 특이하다고 해야 할까. 주변 친구들이 그 스타일이 제일 잘 어울린다고 해서 한 것이었다.

금요일 저녁의 이태원은 사람들로 북적거렸다. 그는 약속 장소인 해밀턴 호텔 앞에 서 있었다. 아직 기획사 대표는 오지 않은 모양이었다.

"반가워."

그를 먼저 알아본 남자가 인사를 먼저 건넸다.

"나는 회사 대표고, 윤범이라고 해."

기획사 대표라고 해서 조금 나이가 있을 줄 알았는데 남자는 한눈에 보기에도 꽤 젊었다. 그리고 모델처럼 키가 크고 잘 생겼다. 윤범 대표는 아이패드를 꺼내 그에게 내밀었다.

"지금 내가 하고 있는 애들이야."

아이패드에는 모델들의 프로필 사진이 들어 있었다.

"이번에 서울 패션위크 오디션을 할 예정인데 너를 꼭 오디션 보게 하고 싶어."

그 사진들을 들여다보고 있던 그는 화들짝 놀랐다. '너를 꼭 오디션 보게 하고 싶어.' 그가 전혀 예상하지 못했던 말이었다. 몇 번의 촬영을 해보긴 했지만 모두 스튜디오 촬영이었다. 패션위크 오디션은 그것과는 차원이 다른 것이었다. 가만히 서서 포즈를 취하는 것과 걸으면서 포즈를 취하는 것은 달라도 한참 달랐다. 유튜브 동영상을 보면서 연습하긴 했지만 겁이 덜컥 났다. 더군다나 지난번 밀라노 사기 사건으로 인해 자신감을 많이 잃은 상태였다.

"전 워킹을 잘 못해요."

패션위크라면 겨우 2주 남아 있었다.

"일단 한번 걸어보자."

윤범 대표는 그를 데리고 이태원 호텔 옆 골목으로 갔다.

"여기서 한번 걸어 볼래?"

금요일 저녁의 이태원은 축제 현장이었다. 여기저기에서 흥겨운 노랫소리가 흘러나오고 있었다. 이태원의 좁은 골목이 패션쇼 런웨이로 변신하는 순간이었다.

사기 사건으로 위축되었던 마음과 몸이 한순간에 생기를

되찾았다.

스스로 놀랄 정도였다.

그는 걷고 또 걸었다.

모델 아카데미에 다니면서 모델 워킹을 제대로 배운 적은 없었지만 이 기회를 놓치고 싶지 않았다. 유튜브에서 본 모델들처럼 그는 당당하고 자신 있게 걸었다. 자신 앞에 놓인 길을 성큼성큼 걸어 나아갔다.

얼마나 걸었을까.

한동안 그의 모습을 지켜보고 있던 윤범 대표의 입이 드디어 열렸다.

"계약하자."

이번에도 그는 깜짝 놀랐다. 그가 애타게 기다리던 말이었지만 이렇게 빨리 듣게 될 줄은 예상하지 못했다. 당시 그의 나이 만 14세. 중학교 3학년이 된 지 며칠 안 된 때였다.

봄기운이 움트지도 않은 3월의 어느 날, 그는 서울 길거리 한복판에서 윤범 모델 에이전시 대표와 계약을 체결했다. 그의 삶에 한 줄기 빛이 비추기 시작한 것이었다.

나중에 윤범 대표는 언론사와의 인터뷰에서 그날의 기억을 떠올리며 이렇게 말했다.

"그의 사진을 보고 본능적으로 그에게 가능성이 있다는 걸 느꼈어요. 그래서 연락을 바로 했지요."

이태원 한복판에서 '일단 한번 걸어보자'고 하면 그가 당황해할 거라는 걸 윤범 대표는 이미 알고 있었다고 했다. 당시 한현민은 아카데미에 다녀본 적도 없고 모델 경력도 없는 중학생에 불과했다. 하지만 윤범 대표는 그의 워킹실력을 보려고 한 것이 아니었다. 대형무대를 소화할 만한 담력과 끼를 갖고 있는지 확인하려고 했던 것이었다. 가로등 불빛도 미치지 못하는 이태원의 어두운 골목에서 당당하게 걷고 있는 한현민의 모습을 윤범 대표는 이렇게 회상했다.

"후광이 번쩍이는 느낌이었어요."

한현민의 삶에 비친 한 줄기 빛.

그 빛은 밖에서 온 것이 아니라 그의 안에서부터 시작된 것이었다.

11.
2016년 3월 24일

에이전시에 들어간 그는 모델로서 집중 트레이닝을 받기 시작했다.

하지만 문제가 있었다. 그는 팔자걸음이었다.

다른 모델들과 함께 받은 교육만으로는 시간이 턱없이 부족했다.

평소에 길거리를 걸어 다닐 때도 그는 음악을 들으며 박자에 맞춰 걸었다. 그런 식으로 틈틈이 연습을 하곤 했다. 중학생 한현민이라면 모를까. 모델 한현민은 무대에서 팔자걸음으로 걸어서는 절대 안 되기 때문이었다. 자나 깨나 그는 오직 워킹 생각뿐이었다.

트레이닝을 시작한 지 며칠 지나지 않았을 때였다. 그는 한창 워킹 연습을 하고 있었다. 윤범 대표가 불러서 가보니 어디 갈 곳이 있다고 했다. 학교 수업을 마치고 곧장 연습실로 왔던 터라 그는 교복을 입고 있었다. 친구들과 함께 축구도 하고 운동장을 뒹굴었던 탓에 그의 교복은 많이 낡고 꼬질꼬질했다. 3년째 입고 있는 옷이었다.

윤범 대표의 차를 타고 도착한 곳은 그가 전혀 예상하지 못한 곳이었다.

바로 한상혁 디자이너의 쇼룸이었다.

그는 어리둥절했다. 쇼룸이라는 곳도 처음이었고 디자이너라는 사람을 만나는 것도 그때가 처음이었다. 왜 대표님이 자신을 여기에 데리고 왔을까, 그는 의아했다. 쇼룸 안은 사람들로 북적거렸다. 그는 그저 유명한 디자이너의 쇼룸이라서 그런가 보다 하고 가볍게 생각했다.

디자이너와 인사를 나눌 때까지도 그는 왜 자신이 여기에 와 있는지 모르고 있었다. 그저 디자이너의 쇼룸을 구경하러 온 것이구나, 짐작만 뿐이었다. 모델이 되려면 워킹만 잘해서는 안 되고 패션이 무엇인지 잘 알아야 한다고 생각했다. 그저 친구들과 어울리면서 가로수길이나 홍대 옷가게를 아이 쇼핑한 걸로는 부족할 것이었다.

쇼룸에 있는 옷들을 그는 유심히 살펴보았다. 실제로 이런 옷을 입고 런웨이에 선다면 어떤 기분일까. 옷을 보고 있는 것만으로도 가슴이 두근두근 뛰었다. 그런 그의 눈빛을 읽은 것일까. 한상혁 디자이너가 다가와 그에게 옷 한 벌을 건넸다.

"입어보자."

그는 심장이 터질 것만 같았다. 디자이너의 말은 단순히 옷을 입어보라는 것이 아니었다. 그건 그에게 모델로서 오디션 기회를 주겠다는 의미였다. 그는 정말 간절했다. 이번 기회를 놓쳐서는 안 된다는 느낌이 온몸을 강하게 휘감았다.

'꼭 쇼에 서고 싶다.'

열망이 강하면 강할수록 몸은 더욱 위축되었다. 왜 하필 교복을 입고 왔을까. 이런 꼬질꼬질한 옷을 입고 있다는 것에 그는 주눅이 들어 있었다. 작년 가을 동대문디자인플라자에 갔을 때도 이와 비슷한 상황이었다. 화려한 쇼룸 안에서 초라한 건 한현민 자신뿐이었다. 알고 보니 쇼룸 안에 있는 사람들은 옷을 사기 위해 온 손님들이 아니었다. 모두 모델로 활동하고 있는 사람들이었고 다들 오디션을 보기 위해 모인 것이었다.

이곳은 오디션 현장이었다.

'옷에 조금 신경 쓰고 올 걸.'

만약 오디션을 보러 간다는 걸 알았더라면, 여기까지 생각하다가 그는 그만두었다. 엄마와 함께 쓰는 옷장의 풍경이 머릿속에 그려졌다. 겨우 옷걸이 두어 개를 차지한 자신의 옷들. 오디션인 것을 알았더라도 그가 입고 갈 옷은 뻔했다. 낡은 후드티와 아무런 특색 없는 평범한 청바지. 지난번 동대문에 갔을 때 옷차림 그대로였다.

디자이너의 옷은 처음 입어보았다.

유튜브 동영상에서만 봤던 유명 디자이너의 옷을 자신이 입고 있다는 생각에 그는 북받쳐 오르는 흥분을 감출 수 없었다. 마치 진짜 모델이 된 것 같았다. 아니, 지금 이 순간만큼은 자신이 모델이라고 그는 생각했다.

그는 당당하게 걸었다.

정식으로 워킹을 배운 지 일주일밖에 되지 않았다는 사실도 잊어버렸다. 모델 경력이 전무한 16살 중학생이란 사실도, 나이지리아 출신 아버지와 한국인 어머니 사이에서 태어난 흑인 혼혈이란 사실도 머릿속에서 지워버렸다. 마이콜이라고 자신을 놀리며 얼굴에 모래를 던지던 아이들의 비아냥

거리는 말투와 차가운 표정도 기억 속에서 말끔히 삭제했다.

그는 앞으로 계속 걸어 나아갔다.

한상혁 디자이너의 시선이 한 줄기 빛이 되어 그의 얼굴과 어깨와 가슴과 다리와 발에 차례대로 머물다가 사라졌다. 일 분도 안 되는 짧은 시간이었지만 그는 그 시선을 느낄 수 있었다.

디자이너는 옷을 한 벌 더 내밀었다.

옷을 갈아입고 그는 다시 쇼룸을 한 바퀴 돌았다.

또 한 벌.

또 한 바퀴 돌았다.

그렇게 쇼룸에 있는 옷을 모두 입어보고 나서야 그의 오디션은 끝났다.

아니, 그건 그만의 런웨이였다.

패션쇼를 하고 난 것처럼 그는 홀가분했다. 앞을 가로막고 있던 큰 벽을 넘어선 느낌이었다. 오디션 결과에 상관없이 그는 자신이 성장했다는 사실을 느낄 수 있었다.

"리허설 때 보자."

한상혁 디자이너가 활짝 웃으며 말했다. 그 순간 그는 환호성을 지를 뻔한 걸 겨우 참았다. 옆을 보니 윤범 대표 역시 환하게 웃고 있었다. 어쩌면 그보다 더 긴장하고 있었을 사람이 바로 윤범 대표였다. 이 모든 걸 지켜보고 있었을 사람.

한현민을 가장 돋보이게 할 수 있는 것은 무엇일까.

며칠 전 한상혁 디자이너의 오디션 소식을 듣고 윤범 대표는 오래 고민했다.

중학생. 열여섯 살. 모델 경력 없음.

하지만 한현민은 가능성이 있었다. 그의 사진을 처음 보았을 때도 그렇게 생각했지만 이태원의 좁은 골목에서 당당하게 걷는 모습을 보았을 때 그는 그러한 자신의 생각에 확신을 갖게 되었다. 비록 그가 허름한 교복을 입고 있을지라도 그의 잠재된 가능성은 가려지지 않을 거라고 믿었다. 오히려 그 교복을 벗고 디자이너의 옷을 입었을 때 드러날 반전의 매력을 그는 보여주고 싶었다. 윤범 대표는 이 자리가 오디션이라는 걸 알고 있었지만 일부러 그에게 말하지 않았다. 꾸미지 않은 순수함. 그게 윤범 대표의 전략이었다. 아니나 다를까. 한상혁 디자이너는 그의 재능을 한눈에 알아보았다. 새 옷으로 갈아입은 그의 모습을 보고 디자이너의 눈이 놀라움으로 커졌다는 걸 윤범 대표는 눈치챌 수 있었다.

학생은 학생답게.

한현민은 '한현민'답게.

한두 벌 옷을 입어보고 끝나는 일반적인 오디션과 달리, 한상혁 디자이너는 한현민에게 쇼룸에 있는 모든 옷을 입혀보았다. 그런 다음, '패션쇼 오프닝'을 제안했다.

2016년 3월 24일.

그의 인생에서 절대 잊지 못할 날이었다.

작년 가을, 패션위크에 처음 갔다가 초라한 자신의 모습에 실망하고 결심을 다지던 기억이 새록새록 떠올랐다. '3년 안에 꼭 데뷔하겠어.' 그때의 다짐은 겨우 반년 만에 현실이 되었다. 바로 전 시즌에는 패션위크를 구경하러 온 수많은 모델 지망생 중 하나였다면 지금 그는 패션위크 런웨이에 서는 프로 모델이었다. 패션쇼를 정식으로 보기도 전에 쇼에 서게 된 것이었다. 사실 그는 모델 에이전시와 계약을 하고서도 3년 정도는 시간이 흐른 뒤에 데뷔를 하게 될 줄 알았다. 그런데 이렇게 빨리 자신에게 좋은 기회가 올지 몰랐다. 기쁘면서도 한편으로는 몹시 떨리고 두려웠다.

'과연 내가 잘 할 수 있을까?'

패션쇼 백스테이지는 상상했던 것보다 훨씬 분주하게 돌

아가고 있었다. 메이크업과 헤어를 담당하는 사람들부터 현장 진행을 맡은 사람들까지 수십 명의 스태프들이 일사분란하게 자기가 맡은 역할을 감당하고 있었다. 하나의 패션쇼를 위해 이렇게 많은 사람들이 뒤에서 고생하고 있는지 그는 몰랐다. 이제까지 그가 본 사진과 동영상 들은 모두 화려한 패션쇼 무대만을 비추고 있었다. 그는 갑자기 막중한 책임감을 느꼈다. 순서를 기다리는 모델들 사이에서 그는 맨앞에 서 있었다. 패션쇼 오프닝을 맡았다는 뿌듯함은 잠시였다. 그것이 엄청난 부담감으로 돌아오고 있었다.

"네가 첫 번째로 나가서 빛을 발해라."

잔뜩 긴장하고 있는 그에게 한상혁 디자이너가 다가와 어깨를 두드리며 말했다. 그는 디자이너가 자신에게 보내는 말의 의미를 잘 알았다. 그건 신뢰였다. 누군가 나를 믿어준다고 생각하자 자신감이 생겨났다. 딱딱하게 굳어 있던 몸도 조금씩 풀리는 게 느껴졌다.

'그래, 이건 내 첫 무대야.'

꿈같은 이 순간을 그는 헛되이 흘려보내고 싶지 않았다. 입술이 바짝 마를 정도로 떨렸지만 그건 앞으로 펼쳐질 자신의 미래에 대한 설렘 때문이기도 했다. 그는 이 순간을 즐기기로 다짐했다.

  다행히 반응이 좋았다.

  '개성 있다' '신기하다' 등 모델 한현민에 대한 사람들의 평가는 긍정적이었다. 이국적인 외모의 그가 한국인이란 사실이 알려지면서 더욱 화제를 모았다.

  성공적인 데뷔였다.

12.
한국 최초의 흑인 혼혈 모델

패션쇼 오프닝 무대로 데뷔했다는 건 모델로서 최고의 영광이었다. 패션 관계자들을 비롯해 미디어의 주목을 많이 받았다. 인터뷰도 많이 했고 어딜 가나 축하 인사를 받느라 바빴다.

여러 우여곡절 끝에 힘들게 이룬 꿈이었기에 그 또한 감격과 흥분을 감추기 어려웠다.

하지만 그는 들뜬 마음을 가라앉히려고 노력했다.

이제부터 시작이다.

그의 꿈은 모델이 되는 것에서 끝나는 것이 아니었다. 모델 데뷔 무대는 그의 꿈으로 가는 첫 디딤돌에 불과했다.

그는 모델 에이전시와 계약을 했을 때도 주변 사람들에게 알리지 않았다. 부모님에게만 그 사실을 말씀드렸다. 여러 차례 사기를 당했었다는 것도 그때 처음 입 밖으로 꺼냈다. 모델이란 꿈을 얼마나 간절히 간직해왔는지 설명해드리기 위해서였다. 화려한 무대를 동경해서 철없는 생각으로 모델이 되고 싶은 것이 아니라는 것을 부모님에게 설득해야 했다.

같이 어울리는 친구들에게는 모델로 데뷔하고 나서 조심스레 이야기했다. 그동안 모델이 되고자 했었다는 사실도 몰랐던 친구들은 어리둥절한 모양이었다. 처음에는 믿지 않았다.

"네가 무슨 모델이냐."

"이렇게 말랐는데 무슨 모델이야."

친구들은 재미난 농담을 들은 듯 웃었다. 이렇게 마른 모델이 어디 있냐며 놀리기도 했다. 하지만 그의 진중한 태도에 친구들은 태도를 바꾸었다.

"진짜야?"

그가 모델로 데뷔했다는 것이 사실이란 걸 알게 된 친구들은 깜짝 놀랐다. 그가 모델이 되고자 했다는 것을 눈치챘던 친구들도 '네가 이렇게 될 줄 몰랐다'는 반응들이었다. 그들의 나이 16살, 중학교 3학년이 된 지 한 달도 안 되었을 때였다. 또래 친구들은 한창 고등학교 입시를 준비하느라 학원과 독서실을 번갈아가며 오가고 있었다. 친구들은 자신의 꿈을 이루기 위해 열심히 노력하는 그를 응원해주었다. 마치 자신의 일처럼 좋아해주고 격려해주었다. 친구들 중에 그가 가장 먼저 직업인으로서 사회활동을 시작하게 된 것이었다.

가족과 친한 친구들을 제외하고 그는 자신이 모델 활동을 하게 되었다는 것을 굳이 말하려고 하지 않았다. 어린 나이에 성공했다는 편견도 싫었고 그래서 잘난 척하고 건방지다는 부정적 인식도 부담스러웠다.

모델 활동해서 처음 번 돈으로 그는 옷을 샀다. 그중 가장 애착이 가는 것은 라이더 재킷이었다. Heich Es Heich. 그가 처음 런웨이에 섰던 한상혁 디자이너의 브랜드였다. 그날의 기억을 영원히 간직하고 싶었다. 그때의 설렘, 그때의 긴장, 그때의 희열, 그리고 그때의 다짐.

패션쇼 오프닝으로 데뷔한 덕분에 그는 많은 주목을 받았다. 특히, 그가 나이지리아 출신 아버지와 한국인 어머니 사이에서 태어난 흑인 혼혈 모델이라는 사실은 많은 관심을 끌었다. 검은 피부와 큰 키. 흑인 혼혈로서 그의 남다른 외양은 그를 돋보이게 하는 장점으로 부각되었다. 하지만 그가 처음부터 모델로서 순탄한 길을 걸었던 것은 아니었다.

흑인 혼혈 모델 1호.

이 타이틀은 그를 수식하는 최고의 찬사인 것은 분명했다. 하지만 그 이면에는 불편한 진실이 숨어 있었다. 그가 등장하기 전까지 한국에는 '검은 피부'의 패션모델이 없었던 것이다.

"까만 아이는 쓰지 않아요."

"유색인종은 무대에 올리지 않습니다."

패션 매거진 에디터와 디자이너에게 그의 프로필을 보내면 거절당하기 일쑤였다. 그나마 이런 거절은 예의바른 편에 속했다.

"검은 피부의 모델을 보니 재수가 없다."

"우리가 원하는 외국인 모델은 파란 눈에 금발인 백인이다."

인종차별적 발언을 서슴지 않고 하는 사람들도 많이 많았다.

그가 경험한 차별은 비단 '혼혈'이기 때문만은 아니었다. 정확히는 그가 검은 피부의 '흑인 혼혈'이기 때문이었다. 일반적으로 한국 사람들은 혼혈에 대해 부정적인 시각을 갖고 있다고 생각하지만 그것은 절반의 진실이었다. 차별에 있어 하얀 피부의 백인 혼혈은 예외였다.

피부색에 따라 사람들의 태도가 달라진다는 것은 그에게 큰 상처였다. 검은 피부가 한국 사람들 보기에 낯설 수 있었다. 그래서 무섭게 느껴질 수도 있고 거부감이 들 수도 있었다. 어떻게 해서든 그들의 행동을 이해해보려고 노력했지만 한번 다친 그의 마음은 쉽게 치유되지 않았다. 잠시 잊고 있던 어린 시절의 상처가 다시 곪는 것 같았다.

'내 갈 길이 맞는 건가.'

모델이 되기 전까지 한 번도 생각해본 적 없는 고민이었다. 모델이 되고 싶다는 간절한 꿈을 이뤘지만 그를 바라보는 사람들의 시선은 여전히 차가웠다. 열심히 노력하면 무엇이든 할 수 있다고 생각했다. 하지만 열여섯 살에 마주한 사회의 벽은 생각보다 높고 견고했다.

모델이란 꿈을 갖는 것도, 모델이 되는 것도 쉽지 않았다. 어쩌면 한국에서 검은 피부색을 가지고 사는 것 자체가 쉬운 일이 아니었을지 모른다. 그가 살아온 삶보다 훨씬 더 오랜 세월의 무게가 그를 무겁게 짓누르고 있었다. 힘들었다. 하지만 여기에서 주저앉고 싶지 않았다.

'그래도 이왕 좋아하고 하고 싶었던 거니까 하는 데까지 해
보자.'

그는 다시 마음을 다잡았다.

남들과 다르다는 것은 모델로서 그의 장점이자 장벽이었
다. 남과 다르기 때문에 남보다 더욱 강렬한 인상을 남길 수
있었지만 그렇기 때문에 오를 수 있는 무대가 한정적이었다.
특히 동양적인 컨셉의 무대는 검은 피부의 그와 어울리지 않
았다. 사실, 그는 그렇게 생각하지 않았다. 동양적인 무대가
그와 맞지 않을 거라는 건 그저 편견에 불과하다고 그는 믿
었다. 중요한 것은 피부색이 아니라 모델로서의 매력이었다.
그는 최대한 무대의 컬러에 맞출 자신이 있었다.

흑인 특유의 곱슬머리와 검은 피부색 때문에 한국 사람들
은 그를 흑인이라고 생각했지만 외국인들에게 그는 동양적
인 눈을 가진 아시안 얼굴이었다.

동양과 서양의 오묘한 조화. 어느 한쪽으로 치우치지 않은
균형감, 그리고 하나의 얼굴에 두 세계를 품고 있는 여유로
움. 그것이 한현민 자신만의 매력이라고 그는 생각했다.

'독특하고 특별한 모델.'

그는 매력적인 모델로 기억되고 싶었다. 어떤 옷을 입든 자기만의 스타일로 소화해내는 모델이 되고 싶었다. 스스로 돌이켜보건대 자신에게는 아직 두 부류의 옷이 존재했다. 어울리는 옷과 어울리지 않는 옷. 스트리트 브랜드 의류는 그와 꽤 잘 어울리는 편인데 우아하고 세련된, 소위 '댄디하다'고 불리는 그런 스타일은 몸에 착 달라붙지 않는 느낌이었다. 아직 나이가 어려서 그런지는 몰라도 모델로서는 극복해야 할 문제임은 분명했다.

김원중.

그가 롤모델로 삼은 패션모델이었다. 남들보다 조금 늦은 나이에 모델 일을 시작했지만 본인만의 스타일이 확고하고 분위기가 매력적이었다. 무엇보다 본인에게 어울리지 않는 스타일의 옷도 있을 텐데 모든 옷을 멋스럽게 소화해내는 점이 존경스러웠다.

가장 기억에 남는 촬영이 언제였냐고 묻는다면 그는 망설임 없이 모델 김원중과의 촬영이었다고 답할 수 있었다. 브랜드 '87MM' 촬영이었는데 촬영이 잡혔다는 소식을 들었을 때부터 그는 무척 설렜다. '87MM'은 디자이너로서 김원중이 런칭한 브랜드였고 한현민을 모델로 선택한 것이 바로 김원중 본인이었다. 닮고 싶은 롤모델에게 인정받은 느낌이랄까.

"포즈를 더 건방지게 해봐."

선배 모델로서 김원중이 건넨 한 마디는 아직도 그의 기억 속에 생생하게 남아 있었다. 어떤 옷이든 그 옷에 맞게 소화 하고 자기만의 스타일을 확실하게 보여줄 수 있는 모델. 그 는 한현민만의 스웨그(swag)가 있는, 세상에서 단 하나뿐인 모델이 되고 싶었다.

13.

라이징 스타 a rising star

한 장의 사진 덕분이었다.

한순간에 그는 '유망주'에서 '라이징 스타'가 되었다.

호피무늬 털 코트를 입고 바닥에 누워 있는 한현민.

아래에는 청바지를 입었지만 위에는 아무것도 입지 않아 그의 검은 피부가 고스란히 드러난 화보 사진이었다. 원색의 컬러와 튀는 디자인의 옷을 유난히 잘 소화한다는 평가를 받는 그는 이 사진으로 순식간에 스타 모델로 급부상했다.

이 화보 사진은 잡지 《블링》에 실렸고 2017년 1월 9일 《중앙일보》 이도은 기자의 인터뷰 기사에 재수록되면서 화제를 모았다. 패션계의 유망주였던 그가 문화계의 아이콘으로 대중적 인지도와 인기를 얻게 된 것이었다.

2016년 3월 패션위크에서 디자이너 한상혁의 브랜드 〈Heich Es Heich〉 오프닝 무대로 데뷔한 이래 그는 같은 해 10월에는 〈장광효〉〈블라인드니스(Blindness)〉〈뮌(MUNN)〉 등 10개의 국내 남성복 무대에 올랐고 이듬해 2017년 3월에는 16개의 패션쇼에서 활약했다. 2017년 세계적인 패션잡지《보그》지가 그를 주목할 만한 신예로 보도하면서 해외 디자이너들도 관심을 보이기 시작했다. 아버지의 나라 나이지리아의 한 패션잡지에서는 그를 그해 봄호 표지모델로 선정했다.

중학교를 갓 졸업한 열일곱 살 모델이 이렇게 많은 주목을 받은 것은 처음이었다. 언론에서는 '국내 모델계의 이변'이라고 표현하기도 했다. 그는 모델계에 입문하자마자 대형무대에 섰고 재능을 인정받아 단기간 내 국내외에 두터운 팬층을 형성했다.

그의 팬사이트에 가입한 사람의 숫자만 6만 명이 넘었다. 세계 각국의 팬들은 그의 '특별한 외모'에 열광하며 그에게 아낌없는 응원을 보냈다. 팔로워가 20만 명인 그의 인스타그램에는 그가 올리는 게시물마다 '좋아요'가 이삼천 개씩

눌러졌다.

아직 가보지 못한 아버지의 나라 나이지리아에서도 그에 대한 관심은 뜨거웠다. 나이지리아 현지 신문에서 그의 이야기가 크게 다루어졌고 나이지리아 팬이 만든 별도의 팬카페가 활발하게 운영되고 있었다. 나이지리아 팬들은 팬카페에 그의 활약상을 편집한 동영상을 올리며 댓글로 그에 대한 사랑을 열정적으로 표현했다.

'나이지리아를 빛낸 모델.'

'네가 한국에서 활동하고 있다는 게 자랑스러워. 너로 인해 편견이 없어졌으면 좋겠어.'

그가 영어에 미숙하다는 것을 알고 있는 팬들은 그를 위해 구글 번역기를 통해 서툰 한국어로 댓글을 남겨주기도 했다.

'나는 너를 좋다.'

팬들의 애정 어린 댓글을 읽을 때마다 그는 먼 나라에 있는 자신을 좋아해주는 팬들이 고마웠다. 그리고 그들의 사랑과 믿음에 보답하기 위해 지금보다 훨씬 더 잘 해야겠다는 생각을 하곤 했다.

모델로서 패션쇼 무대에 서고 화보 촬영을 하는 것 외에도 그는 여러 가지 활동을 왕성하게 했다. 2017년 2월 16일에는 공중파 방송 프로그램에 출연하기도 했다. KBS 2TV 〈자랑방 손님〉은 자신의 실패담을 솔직하게 이야기함으로써 더 나은 미래를 꿈꾼다는 취지로 만들어진 프로그램이었다. 사회자는 개그맨 박명수와 아이돌 슈퍼주니어의 멤버인 방송인 김희철이었다. 한현민은 '공부에 실패했다'라는 테마로 자신의 중학교 성적표를 공개하면서 '공부 실패와 모델로서의 성공'에 대해 진솔하게 이야기해서 큰 호평을 받았다.

또한 그는 뮤직비디오에 출연하기도 했다. 가수 '스티'의 신곡 〈We Click〉이란 곡에서 남자 주인공으로 캐스팅된 것이었다. 인기 유튜버 박혜선과 연인 사이인 설정인데 서로 다른 두 남녀가 알아가며 이해해간다는 내용의 뮤직비디오였다. 연기를 하는 것도 재미있었지만 무엇보다 그는 뮤직비디오의 내용이 마음에 들었다. '다름'이 '틀림'은 아니라는 것. 어쩌면 평소에 그가 모델로서 활동하며 말하고 싶은 이야기가 바로 그것인지도 몰랐다. 뮤직비디오 속에서 그는 누군가의 역할을 연기하고 있었지만 그의 마음은 그 어느 때보다 진지하고 진실했다.

예전에는 사람들의 시선이 불편했다. 그래서 그는 앞에 나서기가 부담스러웠다. 하지만 이제는 달랐다. 모델이란 다른 사람의 시선을 먹고 사는 직업이었다. 런웨이에서 워킹을 하거나 카메라 앞에서 촬영을 할 때 그 누구보다 사람들의 시선이 집중되었다. 모델 일을 시작하면서 그는 오히려 그런 시선들을 즐기게 되었다. 어릴 적에는 놀림도 많이 당하고 차별도 심했지만 그건 이미 오래전의 일이었다. 그는 자신의 장점이 남과 다른 '검은 피부'라고 생각했다.

My name is Black. It's my swag.

누구보다 환하게 빛나는 미래를 그는 스스로 개척하고 있었다.

14.
나의 꿈은 아직 현재진행형

런웨이에서 강한 카리스마를 발산하고 있지만 그는 아직 열여덟 살이었다.

고등학교 진학 후에는 모델 활동이 바빠 학교에 잘 나가지 못했다. 예전처럼 친구들과 어울릴 시간도 부족했고 새로운 친구를 사귈 여유도 없었다. 공부에도 때가 있지만 친구들과 어울리는 것에도 때가 있는 법이었다. 친구들과 즐거운 학창 시절을 즐겨야 할 열여덟 살의 나이에 그는 사회인으로 일을 하고 있었다. 수업이 끝나도 그는 촬영하러 스튜디오에 가거나 연습실에 가야 했다. 학교생활에 아쉬움이 남는 건 어쩔 수 없었다.

하지만 그는 자신이 하는 일에 대해 자부심이 있었다. 자신이 좋아하는 일을 직업으로 삼을 수 있다는 건 큰 행운이었다. 누구보다 열심히 노력했지만 노력했다고 해서 아무나 꿈을 이룰 수 있는 것도 아니었다. 그래서 그는 더 열심히 하고 싶었다.

"촬영장에만 가면 눈빛이 달라져요. 완벽하게 그냥 변합니다."

에스에프 모델스의 윤범 대표는 해맑게 웃는 십대 소년이 카메라가 돌아가기 시작하면 이내 진지한 표정의 모델로 변하는 게 신기했다. 평소에는 어리바리하게 느껴질 정도로 이야기할 때 두서없이 말하던 아이였다. 그렇게 순진한 아이가 갑자기 촬영만 하면 똑 부러지게 행동하는 것이 놀랍기도 하고 이상하기도 했다. 그래서 하루는 궁금증을 참지 못하고 물었다.

"너는 평소에도 좀 그렇게 하고 다니지 왜 촬영장에서만 그렇게 하냐?"

윤범 대표의 질문에 그는 특유의 느린 어조로 대답했다.

"촬영장에서는 일하는 거잖아요."

그는 당연한 걸 묻는다는 투였다.

"일할 때는 모습이 달라야 한다고 생각해요."

학생이란 신분은 학교에서만 유효한 것이었다. 아직 어리다는 이유로 사회에서 그를 이해하고 그의 실수를 용서해줄 사람은 없었다. 그게 바로 프로의 세계라고 그는 생각했다.

캐스팅된 지 일주일 만에 데뷔했고 데뷔한 지 반년 만에 10개의 쇼에 섰다. 패션계는 물론이고 대중의 관심까지 순식간에 사로잡았다. 그런 화려한 성공의 이면에는 그의 숨은 노력들이 있었다. 모델 아카데미에서 오랜 훈련을 거치지 않아 여러 측면에서 서툰 것은 사실이었다. 워킹도 아직 어색했고 포즈를 취하는 것도 다양하지 않았다. 언론과의 인터뷰에서 '그저 운이 좋았다'고 답한 것은 그의 진심이었다. 스스로 부족하다는 걸 그는 잘 알고 있었다.

그리고 그는 지금 자신의 모습이 완료형이 아니라 '현재진행형'이라는 것 또한 잘 알고 있었다. 기본기는 다른 모델들보다 부족했지만 그렇다고 그들 앞에서 주눅 들진 않았다. 다음 시즌에는 지금보다 더 나아지면 된다고 생각했다. 그뿐이었다. 고민은 없었다. 워킹하고 나서는 꼭 모니터링을 했다. 꼼꼼히 분석하고 보완해야 할 것은 다음번에 꼭 고치려고 노력했다. 연습실에서 걷고 또 걸었다. 표정에도 신경을 많이 썼다. 쇼에 따라 어두운 분위기가 있고 밝은 분위기가 있었다. 그런 분위기들을 모두 표현하기 위해 쇼무드에 맞는 다양한 표정을 연습하고 또 연습했다. 무대에 설 때마다 조금씩 성장해가는 모습을 그는 사람들에게 보여주고 싶었다. 아니, 스스로 느끼고 싶었다.

6kg을 감량했다.

핏(fit), 소위 '옷발'을 위해 내린 결단이었다. 동일한 신장의 남성과 비교했을 때 그는 꽤 마른 편에 속했다. 하지만 그건 어디까지나 평범한 학생 신분이었을 때의 이야기였다. 지금 그는 모델이었다. 어떤 옷이든 잘 소화하고 그 옷을 돋보이게 하기 위해서는 몸무게를 더 줄여야 했다. 몸에 군살이 하나도 없어야 했다. 십대 청소년에게 식사량을 조절하라는 것은 정말 끔찍한 일이었다. 대단한 결심이 필요했다. 먹지 못한다고 생각하니까 더 먹고 싶었다. 특히 그는 순댓국 생각이 간절했다. 어렸을 때 할머니 할아버지와 몇 년 같이 산 적이 있었다. 그때 그 시절에 먹던 음식 덕분인지 그의 입맛은 또래보다 어른스러웠다. 순댓국과 간장게장 같은 토속적인 음식이 좋았다.

190cm, 65kg.

경이로운 숫자였다.

그의 신장에 적합한 몸무게는 81kg. 그는 이보다 16kg 덜 나갔다.

드디어 다이어트에 성공한 것이었다.

하지만 그건 시작에 불과했다. 모델에게 체중조절은 일상이었고 그는 65kg을 계속 유지해야만 했다. 무대에 서야 하거나 촬영이 잡히면 식단을 더욱 엄격하게 조절했다. 거의 굶는 날도 있었다. 배가 아무리 고파도 모델 워킹 연습은 빠짐없이 해야 했다.

이렇게 힘들게 몸을 만들어 촬영장에 가면 또 다른 어려움이 그를 기다리고 있었다. 모델이 되기 전에는 멋진 옷을 많이 입어볼 수 있는 모델이란 직업이 참 좋아 보였다. 하지만 즐거운 마음으로 옷을 입는 것도 잠깐이었다. 수십 벌을 벗었다가 다시 입었다. 그렇게 수십 차례 갈아입으며 촬영하다 보면 마라톤을 완주한 것처럼 피곤했다. 게다가 화보 촬영은 계절에 앞서 찍어야 했다. 추운 겨울에는 얇은 반팔 티를 입고 촬영을 했고 한여름에는 두꺼운 패딩을 입고 촬영에 들어갔다. 가만히 있어도 땀이 줄줄 흘렀다.

화려한 런웨이의 이면에는 끊임없는 노력과 관리를 필요로 하는 프로페셔널한 모델들의 세상이 있었다. 힘들었지만 그는 묵묵히 자신에게 주어진 일을 해나갔다.

　2017년 3월 F/W패션위크 때 '안티매터'라는 신인 브랜드 쇼가 있었다. 그 쇼에서 그는 옷을 두 벌 입기로 했다. 그런데 문제가 발생했다. 두 번째 옷을 입고 무대에 나가려고 할 때 갑자기 신발이 바뀐 것이었다. 그의 발보다 크기가 작았다. 사이즈에 맞는 신발을 구할 시간은 없었다. 결국 그는 자기 발보다 작은 신발을 신고 무대에 섰다. 발이 너무 아파 온통 신경이 발가락에 쏠렸다. 모델 워킹은커녕 토끼처럼 껑충껑충 뛰고 싶은 심정이었다. 발의 통증으로 그의 몸은 뻣뻣하게 굳어갔다. 그럼에도 불구하고 그는 최선을 다하고자 노력했다. 프로에게 변명은 있을 수 없었다. 스스로에게 최면을 걸었다.

　'나는 모델이다.'

　결과는 성공적이었다. 패션위크가 진행되는 동안 매일 발행되는 잡지가 있는데, 거기에 브랜드 안티매터 패션쇼의 메인 사진으로 그의 런웨이 모습이 실린 것이었다. 이번 일을 계기로 그는 자기 자신에 대한 믿음을 지킬 수 있어서 좋았고 사람들에게는 성장해가는 모습을 보여줄 수 있어서 더욱 좋았다.

앞으로 서게 될 무대에 대한 기대감으로 그는 충만했다. 시즌당 1000여 명의 모델들이 오디션에 참가하고 그중에 소수만이 무대에 올라갈 수 있었다. 그 치열한 경쟁에서 살아남아야 했다. 그는 이전 시즌보다 더 발전된 모습을 선보이고 싶었다. 더 많은 무대에서 더 많은 옷을 입고 당당하게 걷고 싶었다.

'한현민'이란 이름을 들으면 사람들이 '검은 피부색'이 아니라 '열정적이고 성실한 모델'로 기억해주길 바랐다. 지금은 '흑인 혼혈'이라는 꼬리표가 달려 있지만 앞으로는 '모델 한현민'으로 인정받을 날이 올 것이었다. 그는 그렇게 믿었다.

15.
정해진 미래

2017년 여름, 화보 촬영차 그는 여러 나라를 두루 돌아다녔다.

아무도 그를 '신기하게' 쳐다보지 않았다. 한국에서라면 특이한 외모 덕분에 온갖 시선을 감내해야 했을 텐데 외국에서는 그렇지 않았다. 아무도 그에게 호기심과 경계의 눈빛을 보내지 않았다. 그는 태어나서 처음으로 자유란 무엇인지 깨달았다. 머리로 안 것이 아니라 몸으로 느낄 수 있었다.

'세상은 넓다.'

외국에 가보니 그는 더 빨리 외국 무대에 서고 싶었다.

국내 활동도 열심히 이어나갈 생각이었다. 하지만 영어공부도 열심히 해서 해외 활동도 병행하고 싶었다. 조금 더 넓은 무대로 나아가고 싶었다. 특히 〈돌체앤가바나〉와 〈디올〉의 무대는 상상하기만 해도 온몸이 짜릿했다. 〈돌체앤가바나〉는 쇼무드가 화려하고 색감이 좋았다. 〈디올〉은 남성적이면서 차가웠다. 또한 품위가 있었다. 모델이 되기 위해 유튜브에서 패션쇼 동영상을 찾아보던 시기부터 그의 마음속 깊이 자리했던 꿈의 무대였다. 오랫동안 동경하던 그 런웨이에서 자신이 워킹을 하게 된다면 정말 황홀할 것이었다.

한국에서 그의 외모는 흑인 얼굴에 가깝다는 인식이 강했다. 하지만 외국에서는 달랐다. 피부만 까맣지 생김새는 한국인과 유사하다고들 이야기했다. 기존 흑인 모델과 달리 동양적 얼굴을 지닌 것으로 평가받는 것이었다.

동서양의 매력을 조화롭게 가지고 있다는 점에서 그는 국내는 물론이고 해외에서도 모델로서 그 가능성을 인정받고 있었다. 나이지리아 출신 아버지와 한국인 어머니 사이에서 태어난 출생 배경은 모델인 한현민에게 큰 강점으로 작용하였다.

그는 나이지리아에 한 번도 가본 적이 없었다. 하지만 기회가 된다면 가장 먼저 가보고 싶은 나라가 바로 나이지리아였다. 나이지리아에도 패션위크가 있는데 그는 그 무대에도 꼭 서보고 싶었다. 그를 응원하고 격려하는 팬들 중에는 유독 나이지리아 팬들이 많았다.

"난 너에게서 영감을 받았어."

이런 댓글을 볼 때마다 그는 가슴이 뭉클했다. '나이지리아계 한국인 혼혈 모델'로 불리는데, 그 타이틀에 어울리는 사람이 되기 위해 더 열심히 노력해야겠다는 생각이 들었다. 나이지리아라는 국가조차 모르는 사람들이 많았다. 그를 통해 사람들이 나이지리아에 대해 조금이나마 알게 되고 관심을 갖게 된 것에 대해 그는 감사한 마음을 가지고 있었다.

"너는 어느 나라 사람이냐?"

그에게 사람들이 자주 던지는 질문 중 하나였다.

"엄마는 어느 나라 사람이냐?" "영어는 잘 하냐?" "너희 나라는 가 봤냐?"

어린 시절 그는 이런 질문들을 받을 때마다 말문이 턱 막히곤 했다. 질문의 의도는 그의 대답을 듣기 위한 것이 아니었다. 남과 다른 외모를 가진 그를 무시하고 상처주기 위한 것이었다. 그런 상황들을 그는 한국에서 태어나고 자라오는 동안 수없이 많이 겪어야만 했다. 처음에는 다른 사람들의 따가운 시선이 부담스러워 그는 평범해지고 싶었다.

하지만 모델 활동을 하면서 그는 생각이 바뀌었다. 자신에 대한 사람들의 관심이 높아질수록 그는 사명감과 책임감을 더 느꼈다. 흑인 혼혈에 대한 편견을 그가 잘 극복해야만 다른 혼혈인들의 삶이 지금보다 나아질 수 있을 거란 생각 때문이었다. 이태원 거리를 십 분만 걸어도 많은 혼혈인을 만날 수 있었다. 하지만 아직 그들에 대한 인식은 변화된 사회의 모습을 따라가지 못하고 있었다. 다문화 사회에서 그는 좋은 선례를 남기고 싶었다. 나만 잘 되는 것이 아니라 내 뒤를 이어 사회에 진출할 후배들이 보다 나은 환경에서 활동할 수 있도록 도와주고 싶었다. 그는 지금 자신이 올라선 그 무대보다 훨씬 넓고 높은 세상을 자신과 비슷한 처지에 놓인 친구와 후배들에게 보여주고 싶었다. 그들이 훨훨 날아갈 수 있도록 든든한 버팀목이 되어주고 싶었다. 그래서 그는 좋은 취지의 행사가 있으면 적극적으로 참여하곤 했다. 〈굶주리는 지구촌 아이들을 위한 '명동 거리 모금캠페인'〉, 〈전국다문화네트워크대회〉 등 다양한 활동에 참여했고 2017년부터는 '다문화인식개선 홍보대사'로 활동하고 있었다.

그의 꿈은 모델로서 열심히 활동해 다문화 사회의 좋은 롤모델이 되는 것이었다. 그리고 훗날 재단을 설립해 혼혈인 친구들의 꿈을 체계적이고 실질적으로 지원해주고 싶었다.

에필로그

"요즘은 '모델테이너'라고, 예능에서 활약하는 모델들이 많지 않나요? 저도 그들처럼 예능 프로그램에 출연해보고 싶어요. 최근에도 KBS '자랑방 손님'에 출연한 적이 있는데 그날 녹화가 정말 재밌었어요. 예능이라면 앞으로 제가 즐기면서 할 수 있는 일이 아닐까 하고 생각했어요."

"커피를 좋아하고 바리스타라는 직업에 관심이 있어서 바리스타 공부를 제대로 해볼까 생각 중이에요. 순댓국을 워낙 좋아해 순댓국밥집을 차려볼까 진지하게 고민하기도 했고요. 모델이 운영하는 순댓국집, 꽤 인기 있지 않을까요. 나이가 더 들어서도 할 수 있는 일을 찾아 모델 일과 병행하고 싶어요."

"기회만 된다면 패션디자인 공부도 해보고 싶어요. 상업적인 목적보다는 내가 만든 옷을 입고 다니는 게 꿈이거든요."

내 이름은 한현민.

올해 나이 열여덟.

밤하늘의 별처럼 나의 미래는 반짝반짝 빛나고 있다.

다양한 인종, 다양한 국적, 다양한 언어, 그리고 다양한 꿈이 빛나는 이태원의 밤처럼.

"나는 정말 생각 없이, 되는 대로 사는 평균 이하의 학생이었어요. 그런데 모델이라는 꿈이 생기니 목표가 따라오고, 목표가 생기니 해야 할 일이 생기더라고요. 눈앞에 보이는, 내가 해야 할 일을 하다 보니 어느새 목표에 조금이나마 가까워진 나를 발견하게 됐고, 그 과정에서 큰 만족감을 느꼈어요. 막연하게나마 모델이라는 꿈을 품고 있었던 것이 지금의 나를 만들었다고 생각해요. 그래서 모두가 꿈을 가지고 있으면 좋겠어요. 꿈은 가지고만 있어도 좋은 거 아닌가요?"

정확히 열 살 때였다.

'왜 살아야 하는가'라는 질문에 나는 심취해 있었다.

엄마가 나를 낳았으니까, 혹은 그냥 태어났으니까, 라는 답변은 내게 전혀 설득력이 없었다. 심오하고 원대한 그 무엇. 나는 그걸 내가 미처 깨닫지 못한 거라고 생각했다.

깊은 고민에 빠진 나와 달리 주변 사람들은 모두 활기차고 명랑했다. 내 눈에 그들은 자기만의 삶을 열심히 살고 있는 것처럼 보였다. 그래서 그들이 즐거워 보였다. 실제로 내가 '왜 살아야 해요?' 혹은 '왜 사는 거야?'라고 물으면 다들 나를 이상한 눈으로 쳐다보았다. 내가 그들의 행복을 이해하지 못한 것처럼 그들도 나의 불행을 이해하지 못했다. 하지만 내가 그들을 부러워한 반면에 그들이 나를 부러워하지 않았다는 점에서 그들과 나는 달랐다. 내겐 살아야 할 '이유'나

'소명' 같은 게 없었다. 그들에게는 있는 그 무엇이 나에겐 없었다. 낮에는 외로웠고 밤에는 잠이 오지 않았다.

2018년 여름을 기다리는 요즘,
여전히 나는 그 답을 찾지 못했다.
하지만, 장기미제 사건처럼 찝찝하기만 한 그 질문들을 잊어버릴 때가 종종 있었다.
수영장에서 한가로이 배영을 즐기거나 소파에 편하게 누워 TV를 시청하거나 조카와 함께 찰흙점토로 예쁜 장미를 만들거나 오래된 친구와 즐겁게 차 한 잔 하거나 맘에 드는 책을 여유롭게 읽거나 노천카페에 앉아 달콤한 팥빙수를 먹거나……
지극히 소소한 일상 안에 머무를 때 나는 오히려 '완전하게' 존재했다.

한 치의 의심도 없이.

유관순처럼 목숨 걸고 독립운동을 하지도 않았고 도스토
예프스키처럼 세계명작을 남기지도 않았고 스티브 잡스처
럼 혁신적인 아이디어로 세상을 놀라게 하지도 않았고 이효
리처럼 이십 년 동안 대중의 사랑을 받지도 않았다. 그럼에
도 나는 여전히 살아 있었다.

삼십여 년이라는 짧지 않은 세월 동안 나는 내게 주어진
미션을 깨닫지 못할까봐 전전긍긍했다. 하지만 처음부터 그
런 미션 같은 건 없었는지 모른다. 그저 거기 있으라. 하늘에
계신 신이 내게 내린 미션이 만약 나의 '존재' 그 자체라면?
'나'가 되는 것이었다면, 그렇다면!

마지막 안부를 건네듯 올려다본 하늘에는 보이지 않는 별이 무수히 많이 떠 있었다. 그러니까 내 질문은 잘못되었던 것이다. '왜'가 아니었다.

'어떻게' 살아야 하는가.

답은 이미 내 안에 있었다.
오늘도 나는 당신을 사랑한다.
나란 이름의 당신을.

지은이 **김민정**

1981년 서울에서 태어났다. 이화여자대학교 언론홍보영상학부를 졸업하고 회사에서 마케팅과 광고기획 관련 일을 담당했다. 직장생활을 짧게 끝맺고 장로회신학대학교 대학원 선교학과에 입학해 야학활동을 하던 중 하늘이 아닌 땅에 매혹되어 중앙대학교 문예창작학과에서 〈디아스포라 문학에 나타난 타자 인식 연구〉로 박사학위를 받았다. 사람에 대한 무한한 관심으로 20여 개국을 발로 돌아다녔으며 아직 가보지 못한 나라들을 가슴에 품은 채 살고 있다. 단편소설 「안젤라가 있던 자리」로 제4회 구상문학상 젊은작가상을 받으며 작품 활동을 시작했다. 2016년 소설집 『홍보용 소설』을 출간하였고 2018년 문화계간지 《쿨투라》에서 문화비평 신인상을 수상하며 삶과 예술의 지평을 조금씩 넓혀가고 있는 중이다. 현재 중앙대학교에서 스토리텔링콘텐츠 관련 강의를 하고 있다. '사람'과 그들이 살아가는 '이야기'에 관심이 많다.

이 사람
한현민의 블랙 스웨그

2018년 7월 11일 초판 1쇄 펴냄

지은이 김민정 | **펴낸이** 김재범 | **편집장** 김형욱
아트디렉터 다랑어스토리 | **관리** 강초민, 홍희표 | **디자인** 나루기획
인쇄·제본 AP프린팅 | **종이** 한솔PNS
펴낸곳 (주)아시아 | **출판등록** 2006년 1월 27일 | **등록번호** 제406-2006-000004호
전화 02-821-5055 | **팩스** 02-821-5057 | **이메일** bookasia@hanmail.net
주소 서울시 동작구 서달로 161-1 3층(흑석동 100-16)
홈페이지 www.bookasia.org | **페이스북** www.facebook.com/asiapublishers

ISBN 979-11-5662-354-0 (04810)
          979-11-5662-352-6 (set)

*값은 뒤표지에 표시되어 있습니다.

이 도서의 국립중앙도서관 출판시도서목록(CIP)은 서지정보유통지원시스템 홈페이지(http://seoji.nl.go.kr)와 국가자료공동목록시스템(http://www.nl.go.kr/kolisnet)에서 이용하실 수 있습니다.(CIP 제어번호: CIP 2018003628)